牧羊少年奇幻之旅

O Alquimista

Paulo Coelho

保羅·科爾賀——著

恩佐——圖　周惠玲 譯

自序

二十五年前，當《牧羊少年奇幻之旅》在我的母國巴西首次出版時，沒人注意到它。曾有一位來自這國家東北角落的書商告訴我，在它出版後的第一週，只有一個人來買了一本。然後過了六個月才又賣出第二本——而且，買的人還是原先那一個！至於第三本，天曉得後來又花了多久時間才賣出去。

到了那一年年底，大家都認爲《牧羊少年奇幻之旅》顯然是賣不動的。原先那位出版商決定擺脫我，就解除了我們之間的合約。他們將這本書清掉，讓我拿回書的版權。那年我四十一歲，陷入低潮。

可是我從未對這本書失去信心，也不曾動搖我的願景。爲什麼呢？因爲這本書裡有我，全體的我，包括我的心、我的靈。我一直爲實現自我生命象徵而活。我是這樣的一個人，夢想著一個美麗或者說神妙的處所，因而踏上旅程，去尋求某些未知的寶藏。在旅程的終點，這一個人了解到，寶藏早已與他同在，自始至終。我一直在追尋我的「個人傳奇」，而我的寶藏，就是我擁有能力去書寫。而且我想要跟這個世界分享這份寶藏。

正如同我在《牧羊少年奇幻之旅》中所寫的，當你真心渴望某個事物時，整個宇宙都會聯合起來幫助你完成。我開始去敲其他出版社的門。有一家打開了，門裡的那個出版商相信我，相信我的書，願意給《牧羊少年奇幻之旅》第二次的機會。慢慢地，透過口耳相傳，這本書終於賣起來——三千，然後是六千，一萬——一本又一本，逐漸持續到那年年底。

八個月後，有一位美國人來巴西來旅行時，在當地的書店裡買了一本《牧羊少年奇幻之旅》。他想要翻譯這本書，並幫我在美國找出版社。哈潑柯林斯出版集團同意將它帶到美國讀者的眼前，而且用盛大的宣傳來出版：他們在《紐約時報》上刊登廣告，也安排了一些具有影響力的新聞雜誌、廣播與電視訪談。可是它仍然花了一些時間，才逐漸在口耳相傳下，在美國找到了它的讀者，就如同在巴西的情形一樣。然後有一天，柯林頓總統被拍攝到，他帶了一本《牧羊少年奇幻之旅》離開白宮。接著，瑪丹娜在《浮華世界》雜誌上暢談這本書；還有社會各階層的人——從右翼電台主持人拉什．林博、影星威爾．史密斯，到大學生，甚至陪小孩參加課外活動的媽媽，突然之間，大家都開始在討論這本書。

《牧羊少年奇幻之旅》形成了自動自發的現象——而且是自我繁衍的有機體。這本書躍上了《紐約時報》的暢銷書排行榜，對任何作者來說，這都是一個重要的里程碑，而且它在榜上停留了兩百八十七週。然後，它被翻譯成八十多種語言，是現今仍在世的作家裡，作品被翻譯數量最多的，而且這本書被普遍認為是二十世紀裡十大好書之一。

不斷有人問我，是否預知《牧羊少年奇幻之旅》會獲得如此巨大的成功？答案是否定的。我不知道。我怎麼可能會知道？當初我坐下來寫《牧羊少年奇幻之旅》時，我所知的僅僅是：我想把我的心靈寫下來。我想把我如何尋求我的寶藏的故事寫下來。我想依循我所見的預兆，因為即使在那時候我就已經明白，預兆就是神的語言。

雖然《牧羊少年奇幻之旅》如今出版將滿二十五週年，但它並沒有成為過去世紀的殘骸。至今這本書仍然活躍著。就如同我的心和我的靈，仍繼續活躍在每一個日子裡，因為我的心和我的靈就在其中。而我的心與靈，就是你的心與靈。我是那個牧羊少年聖狄雅各，正在尋求我的寶藏，正如同你是牧羊少年聖狄雅各，那個尋求你的寶藏的人。書裡是某一個人的故事，也是所有人的故事，而某一個人的追尋，正是全人類的追尋。我相信，這也就是為何如此多年之後，《牧羊少年奇幻之旅》仍能與世界各地不同文化的人們共鳴，能持續從情感與心靈層面，平等無差別地觸動著他們。

我自己經常重讀《牧羊少年奇幻之旅》，而每一次我都會感受到當初書寫它時所經歷的悸動。正如同我此時所感受的一樣。我感受著幸福，因爲它是我的全有，同時也是你們的全有。我感到幸福，也因此我明白我不可能是孤獨的。不管我去到哪裡，人們理解我。他們理解我的心靈。這不斷給予我希望。當我看見世界各地的衝突——政治上的衝突、經濟上的衝突、文化上的衝突——我明白這些都是在提醒我，我們內在有足夠的力量可以搭起溝通的橋梁。就算我的鄰人不能理解我的宗教信仰、我的政治傾向，他仍然可以理解我的故事。而如果他可以理解我的故事，那麼，他就不會距離我太遙遠。我的內在力量總能搭起一座橋，總有機會能夠和解，總有機會讓他在某一天和我一同坐下來，將我們之間的衝突歷史作個終結。而在那一天，他會告訴我關於他的故事，我會告訴他我的。

保羅·科爾賀於二〇一四年

噢！聖母瑪莉亞，
孕無原罪之胎，
請為吾等信靠你者祈禱！
阿門。

獻給J
煉金術士知曉
並善用那些
偉大事工的奧祕。

「在他們行走的時候，耶穌進入了一個村莊。有一個女人，名叫馬大，接他到自己家裡。她有一個妹子，名叫馬利亞，在耶穌腳前坐著，聽他的道。馬大伺候的事多，心裡忙亂，就進前來說：『主啊，我的妹子留下我一個人伺候，你不在意嗎？請吩咐她來幫助我。』耶穌回答說：『馬大！馬大！妳為許多的事思慮煩擾，但是不可少的只有一件；馬利亞已經選擇那上好的福分，是不能奪去的。』」

——《路加福音》，第十章三十八—四十二節

楔子

煉金術士拿起一本書，那是穿越沙漠的商隊中某一人帶來的。他快速翻閱，讀到一個關於納西瑟斯的故事。煉金術士知道納西瑟斯的傳說：有一個年輕人，每天都跪坐在湖邊，凝視自己的美貌。他深深迷戀自己，於是有一天早晨，跌入湖中淹死。就在他墜湖的地點，長出了一株花，那花被叫做納西瑟斯。

不過，那本書的作者並未就此完結這個故事。

他繼續寫說，當納西瑟斯死的時候，森林裡的眾女神出現，發現那座原本清淡的湖水，變成含鹽的淚池。

「你爲何哭泣？」眾女神問。

「我爲納西瑟斯而哭。」湖水回答。

「啊，不意外你會爲納西瑟斯哭泣，」她們說：「雖然我們總是在森林中追逐他，卻唯獨只有你能接近他，全然感受他的美。」

「可是……納西瑟斯美嗎？」湖水問。

「這個答案，有誰比你更了解呢？」眾女神驚訝地說。「畢竟，他每天都來跪在你的岸邊，欣賞他自己！」

湖沉默了許久。最後它終於說：「我爲納西瑟斯哭泣，可是我從未注意納西瑟斯是否美麗。我之所以哭泣，是因爲每一次他跪在我的岸邊時，我能看見，在他眼眸深處，映照出我自身的美。」

「這故事太美妙了！」煉金術士心想。

第一部

那個男孩名叫聖狄雅各。日落時分他領著一群羊抵達了一座廢棄的教堂。教堂屋頂看起來在很久前就已經坍落了，而曾經是更衣室的地方[1]，如今卻磐立著一株巨大的無花果樹。

他決定在此過夜。

看著羊兒一一跳進門後，男孩在毀圮的門上橫豎著一些木板，以防羊兒走失。這附近並沒有狼，但若有羊隻脫隊，他可得花上一整天去找回來。

他用夾克撣了撣地面，然後躺下來，頭枕著一本才剛讀完的書。該開始閱讀厚點兒的書了，

可以讀久一點，而且當起枕頭來也比較舒服些，他對自己說。

當他醒過來時，天色仍昏暗。仰頭從半毀的屋頂望去，星星仍閃爍著。眞想再多睡一會兒，他想著。一個星期前他曾作過同一個夢，同樣也是在結束前醒來。

他起身，拿起曲柄拐杖，開始叫醒那些仍昏寐著的羊。他注意到，只要他一醒來，大多數的羊隻也會開始騷動。似乎有種神祕的力量將他和這些羊連繫在一起。過去的兩年來，他領著這些羊走過鄉間各地，尋找牧草和水。「牠們對我太熟悉了，連我的作息也知道。」他喃喃自語，繼而思索了半晌，明白事情也可能正好相反，是他開始習慣了牠們的作息。

不過，仍然有些羊隻需要多花點時間才喚得醒。男孩用牧羊拐杖戳戳牠們，一隻接著一隻，並喚著每頭羊的名字。他一直相信牠們聽得懂他的話，因此他有時會把書上讀到的精采片段，朗誦給牠們聽，或者告訴牠們身爲一個流浪牧羊人的孤寂與快樂。還有些時候他會對著牠們評論剛才經過的村落和所看見的事物。

但在過去的這兩天來，他僅對牠們說著同一件事：那個女孩，那個商人的女兒。她就住在四天後他們將會經過的村落。他曾去過那個村子一次，就在去年。那個商人經營

人類在生命的任何一階段其實都有能力去完成他們的夢想。

一家乾貨行，而且堅持要親眼盯著羊隻剃毛，以免被騙。有個朋友介紹男孩去這家商店，所以男孩就帶著他的羊群去那裡。

☆

「我有羊毛要賣。」男孩告訴商人。

商店裡正好在忙著，於是商人要求男孩等到下午。男孩就席地坐在商店門口的階梯上，從背包裡拿出一本書來讀。

「我不知道牧羊人也識字。」背後有個女孩的聲音說。

她有著典型安達魯西亞[2]地區女孩的長相，飄垂的黑髮，以及略似摩爾人[3]的眼睛。

「噢，通常我在羊群身上學到的東西比書裡頭的更多。」他回答。在接下來的兩個小時裡，他們聊了許多事。她自我介紹是商人的女兒，並談起村落裡的生活過得幾乎一成不變。牧羊人則告訴她有關安達魯西亞鄉野的種種，還有其他他曾路過的村鎮所發生的新鮮事。

能跟羊以外的對象聊天，眞是個滿愉快的改變。

「你怎麼學會讀書的？」那女孩提了個問題。

「跟其他人一樣，」男孩說：「從學校裡。」

「你既然能念書，怎麼還會來當個牧羊人？」

女孩永遠不會了解的。他含糊地帶過一個理由，迴避掉她的問題，並接著述說起旅途上發生的種種故事，而她明亮的、有著摩爾血統的眼睛則睜著大大的，既害怕又驚奇。當時光飛逝，男孩倏地發現自己竟盼望那一天永遠不要結束、她的父親永遠忙碌著，讓他等上三

天。他領悟到自己正體驗著一種前所未有的感覺：想在同一個地方長久生活下去。和那個有著烏鴉般黑髮的女孩生活在一起，日子不再相同。

然而商人終究還是出現了，要男孩開始剃羊毛。他付了羊毛的錢，並請男孩明年能再來。

☆

如今只剩下四天他又可以到達那個村莊了。他覺得興奮，又同時不安著：說不定那個女孩早就忘記了他。來她家賣羊毛的流浪牧羊人一定不少。

「沒關係，」他對他的羊說：「我在其他地方也認識別的女孩。」

但他心裡明白，其實大有關係。牧羊人就像船員或旅行推銷員一樣，終究會在某個村莊裡遇見某個人，讓他們忘了四處遊蕩的生活多麼無憂無慮。

太陽正西落，牧羊人催促他的羊群向著夕陽的方向前進。牠們永遠不需要作決定，他想，也許這正是牠們總是緊緊依隨著我的原因。

羊兒只關心食物和水。牠們的日子一成不變，在日升日落之間無止境地延續著。牠們既不讀書，也不懂男孩所告訴牠們的遠方城市的種種。只要男孩能繼續在安達魯西亞地區找到最好的牧草，牠們就會順從地跟著他。牠們滿足於食物和水，也慷慨地以牠們的毛回報，甚至有時還奉獻出牠們的肉。

男孩心想，如果今天我變成一個魔鬼，決定宰了這些羊，一隻又一隻地宰，牠們也要等到大部分羊隻都被殺了以後才會知道。只因爲我能帶牠們到鮮美的草地去，牠們就信賴我，而忘了如何運用自己的本能生存下去。

男孩被自己的思緒嚇了一跳。也許是那間長著無花果樹的教堂在作怪吧？它害他重複作同一個夢，又使得他對自己忠實的夥伴心生不滿。

他拿起前夜晚餐剩下的酒，啜飲了一口，並拉緊身上的夾克。等幾個小時以後，太陽升到地平線時，氣溫就會過暖，他將無法再領著羊群橫越草原。在這種季節裡，大多數西班牙人都會昏睡著度過夏日。高溫會一直持續到夜晚，讓他不得不一直拎著夾克。但只要一想到必須依賴這件夾克度過夜間的寒冷，他又不敢嫌那件夾克重了。

我們必須隨時因應改變，所以，那件夾克所帶來的重量和溫暖，都同樣是值得高興的事，他想。

那件夾克的存在有個目的，就像男孩自己。他的存在目的就是旅行，而在經過了兩

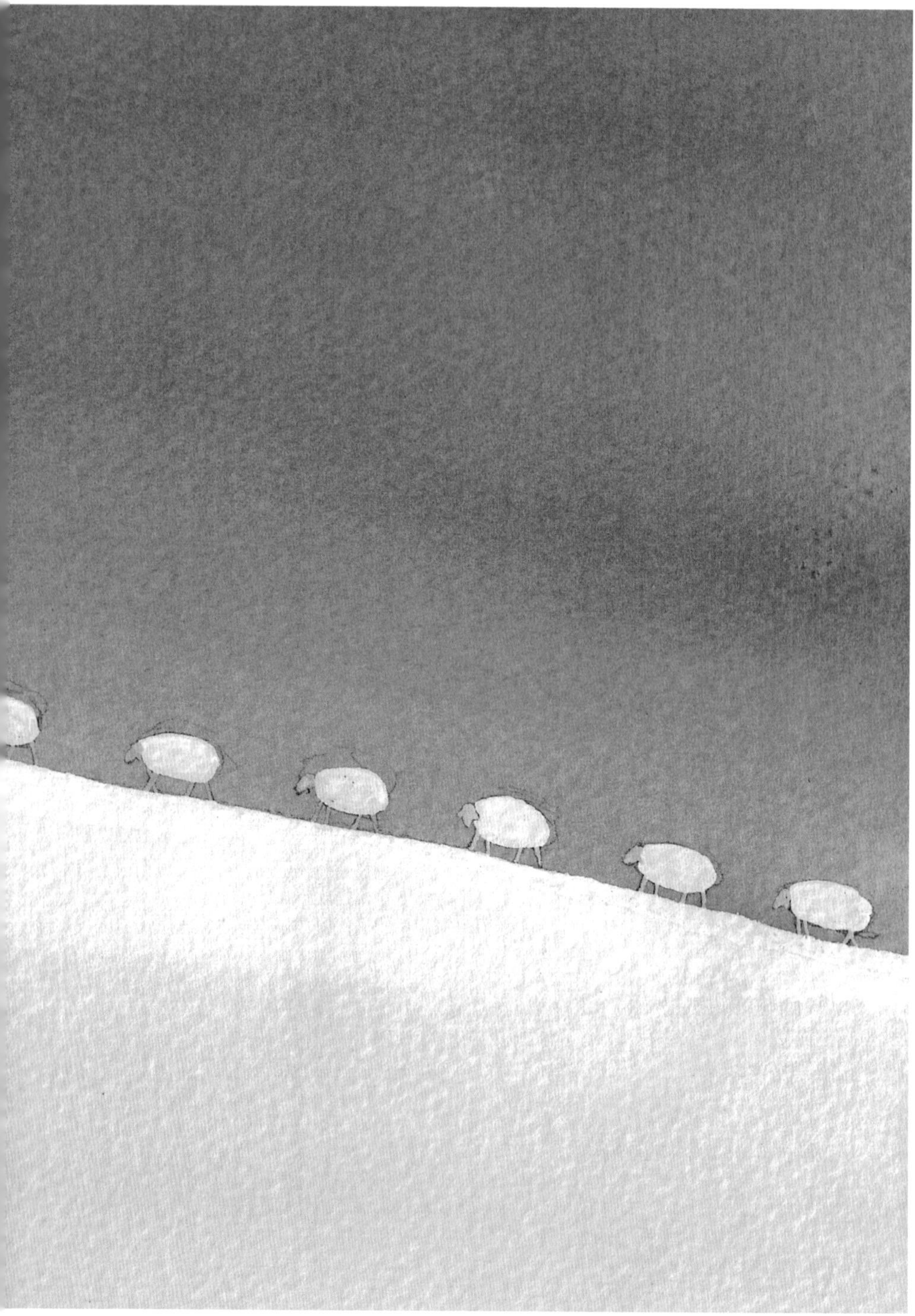

年的旅行後，他認得安達魯西亞地區的多數城市。等再見到那個女孩時，他打算對她解釋爲什麼一個平凡的牧羊人能夠識字讀書。

他的父母期望他成爲神父，這將會爲他那平凡的農人家庭帶來莫大的榮耀。他們家一向爲食物和水而勤奮工作，就像他的羊一樣。於是他就去學了拉丁文、西班牙文，還有神學。

可是男孩從小就渴望去認識這世界。對他來說，這比了解上帝和人類的原罪更重要。有一個下午當他回家時終於鼓足勇氣告訴他父親，他不想當神父，只想去旅行。

☆

「兒子啊，全世界的人都來過這個地方，」他父親說：「來尋找新的事物，然而當他們離去的時候，基本上還是跟來時同一個人。他們爬上高山去看過城堡，最後還是覺得過去的比眼前的好。他們或許是金頭髮，或許有著黑皮膚，但他們大致跟這裡的人差不多。」

「但我很想去看看他們住的城市和城堡。」兒子解釋。

「那些人看了我們的地方以後說，他們很想永遠住在這裡。」父親繼續說。

「我卻希望能認識他們住的地方，知道他們怎麼過活。」兒子說。

「那些人都有足夠的錢供他們旅行，」他父親說：「而像我們這種人裡，只有牧羊人才能到處旅行。」

「那麼我就去當牧羊人！」

他父親不再多說什麼了。隔天父親交給兒子一個裝了三枚西班牙古金幣的錢袋。

「這是我有一天在田裡發現的，本來是想當作遺產留給你的，現在你就拿它們去買牲畜吧。儘管向原野去吧，總有一天你會明白我們的土地最肥，我們的女人最美。」

他祝福他的兒子。男孩在父親的眼底看得出父親其實也渴望去旅行——儘管他因爲數十年來睡在同一張床上，並且天天爲著水和食糧而奮鬥，使得他不得不深埋了這渴望，但渴望依舊存在。

☆

地平線上透染著紅光，然後朝陽陡然跳出。男孩望著旭日，回想起他和父親之間的對話。他爲自己覺得很高興；他已經看過了不少城堡，也遇見過許多女人（但沒一個對他有意義）。他擁有一件夾克、一本書（還可以拿它來交換其他書），以及一群羊。最重要的是，他每天都可以實踐夢想。一旦他看夠了安達魯西亞地區，還可以賣掉羊群出海去。等到他對海洋也開始厭倦的時候，應該就已經看過了更多城堡、更多女人，也過夠了開心的日子了。他凝視著那輪紅日想道，我繼續待在神學院裡也不會發現上帝的。

每次他都盡可能挑陌生的路走，所以他雖然數度行經這地區，卻從未在這座頹圮的

教堂過夜。這世界是如此廣大無盡，有時他就任隨他的羊漫走，然後再從中去發掘出有趣的事。問題是羊兒從沒發現牠們正在走一條新路，也感覺不到季節的迭變。牠們只關心食物和水。

也許我們都是一樣的，男孩思忖著，即便我也是一樣。自從遇見了那個商人女兒之後，我便不再想起其他的女人。他望著太陽，估計中午前應該可以到達台里發[4]。他可以在那裡換一本厚點兒的書、把酒瓶添滿、把鬍鬚刮刮，再把頭髮理一理。再見到那女孩之前，他必須把自己打理一下；也許已有其他牧羊人搶先一步追求她了，說不定還是位擁有更多羊隻的牧羊人，但他不願去設想這種可能性。

生活在希望中，生活才顯得更有趣，他想道，再次注視太陽的位置，並加快腳程。他忽然想起，台里發有一個老女人會解夢。

☆

老女人引著男孩進入屋後側的一間房裡；房內擺著桌子、兩張椅子，以及耶穌聖心像，隔著一片彩色珠簾可以看見她的起居室。

老女人坐著，並叫男孩也坐下。然後握著他的雙手，安靜地禱告。

老女人禱告的樣子很像吉普賽人。男孩在路上曾遇見過吉普賽人；他們也旅行，只是不帶羊群罷了。聽說吉普賽人靠著欺騙維生，又有人說吉普賽人專和魔鬼打交道、並拐騙小孩到他們的帳篷裡做奴隸。年幼時的他怕死了吉普賽人，如今當這個吉普賽女人握住他手的時候，那份恐懼感又回來了。

可是她牆上掛著耶穌聖心像，男孩想著，一面極力穩住心頭，不讓手顫抖，他可不想讓那個吉普賽女人看出他的恐懼。他暗自默誦了一遍天父經。

「眞有趣。」那女人說，她的眼光始終沒離開過男孩的手，說完後陷入長長的沉默。

男孩緊張起來，手開始顫抖，那女人也感覺到了。男孩迅速抽開手。

「我不是來讓妳看手相的。」他說，開始後悔自己來這裡。他考慮了一下，是不是

聰明的老女人。她看盡了夢，也看透了人。

乾脆給她錢快快抽身比較好，對於這個占據他太多心思的夢境已經不想再知道什麼了。

「你來是希望我能幫你解夢，」那女人說：「夢是上帝的語言。當祂用我們的語言說話時，我能夠解釋，可是當祂用心的語言對你說話時，只有你自己才能夠了解。不過，我還是可以給你建議，並收取潤金。」

另一個騙人的把戲，男孩想，但他還是決定試試看。牧羊人總不放過任何與狼、乾旱搏鬥的機會，這樣的生活才會更刺激。

「我作了兩次相同的夢，」他說：「夢見我和我的羊群來到一個草原上，一個小孩出現和我的羊群們玩耍。我一向不喜歡別人這樣做，因爲羊兒畏生，不過小孩子好像就是有這種能力，可以和動物玩而不驚嚇到牠們。我不知道爲什麼，我也不明白爲什麼動物能分辨人類的年齡。」

「多說一點你的夢。」女人說：「我必須回去煮東西，而顯然你並沒有太多錢，我不能給你太多時間。」

「那個小孩繼續和我的羊群戲耍了好一陣子，」男孩有點沮喪地繼續說：「突然，那個小孩拉著我的雙手，帶我去到金字塔那裡。」

他停頓了一會，看看那女人知不知道金字塔在哪裡。不過她沒說什麼。

「然後，在金字塔那裡……」他慢慢說那三個字，好讓那個女人能夠聽明白，「那個小孩對我說：『如果你能來這裡，就會發現寶藏。』正當他要指出寶藏的位置時，我卻醒了過來。兩次夢都是這樣。」

女人沉默許久，然後又握起他的手仔細研究。

「我現在先不收你任何費用，」她說：「不過，如果你發現了那寶藏，我要十分之一。」

男孩鬆口氣大笑——這樣他就不必為了一個藏寶夢而損失他微薄的財產。

「好吧，爲我解夢。」他說。

「首先你要發誓，將來你所得寶藏的十分之一歸我，以報答我對你說的話。」

牧羊人發誓他一定會這麼做。老婦人要他對著耶穌聖心像再發誓一遍。

然後她說：「按照世俗的說法，這是一個夢，我能夠解釋它，可是這個夢非常難解。這也是爲什麼我覺得你必須分給我一部分寶藏。

「我的解釋是：你必須到埃及的金字塔去。我從沒聽過這些金字塔，但是，如果確實有個小孩帶你去看了這些金字塔，它們一定眞的存在。在那裡你將會發現寶藏，成爲富翁。」

老女人知道會做自己該做的事的人，一定是守信的人。

男孩很驚訝，接著一陣氣悶。這種話誰不會說嘛！不過他接著又記起來，他並不需要付錢給老婦人。

「我不是浪費時間來聽妳說這些的。」他說。

「我說了，你的夢比較難解。最尋常的事物往往最不平常，只有智者才能洞悉。因爲我不是智者，所以我還學了其他的技藝，例如看手相。」

「好吧，那我怎麼去到埃及呢？」

「我只負責解夢。我可不知道怎麼實現夢境。這就是爲什麼我還必須依賴我女兒照料三餐。」

「如果我不去埃及呢？」

「那我就拿不到我的酬勞了。反正這也不是第一次。」

然後婦人叫男孩離開，說她已經浪費太多時間在他身上了。

男孩不免覺得很失望；他決定再也不要相信夢了。他想起來還有一大堆事該做呢：去市場吃點東西、換一本比較厚的書。做完這些事以後他在廣場的一張板凳上坐下來，試飲新買的酒。這天天氣很熱，而酒讓人精神振奮。他把羊群寄放在城門口一位朋友牛舍裡。他在這城裡認識不少朋友。這是旅行吸引他的一點——既可以認識很多新朋友，又不需要花太多時間在這些人身上。當你每天和同一群人打交道時，他們也會變成你生命當中的一部分了，就像當年他在神學院的情形一樣。他們會要求你改變自己來遷就他們，如果你不是他們所期望的樣子，他們就會不高興。絕大多數人似乎都很清楚別人該怎麼過活，卻對自己的一無所知。

他決定等太陽落山後，再趕牲口上路，穿過草原。三天後，他就能和那個商人的女兒見面了。

他開始讀起那本新換來的書。第一頁是描述一場喪禮，書中角色的名字都非常難念。如果有一天他寫一本書，一定每次只介紹一個角色出場，這樣讀者才不會忙著記名字，他想道。

等他好不容易專注心神的時候，開始覺得這本書還不錯；那場喪禮是在一個下雪的日子，嗯，他喜歡因下雪而帶來的冰冷氛圍。他繼續讀著，一個老人在他身旁坐下來，和他搭訕。

「那些人在做什麼？」老人指指廣場上的一群人。

「工作。」男孩冷淡地回答，極力表現出他正專心看書。

事實上，他腦中正幻想著在商人女兒面前剃羊毛的情形，這樣她就會認爲他很有本事，能完成一些困難的事。他已經想像這一幕想了好多遍了，每一次那個女孩都用著迷的眼神，聽他解釋羊毛必須從背後往前剃。他同時還想好了，在解釋剃羊毛技術的同時，還要不經意地提起幾家有趣的商店。這些商店都是他從書裡讀來的，不過，他會把它們說得像是他的親身經歷。她絕不會發覺眞相的，因爲她不識字。耳際，老人還在努力和他攀談。老人說自己又累又渴，不知道可不可以喝一口男孩的酒。男孩把酒瓶遞過去，暗自希望老人別再打擾他了。

可是老人依舊聒噪個不停，他問男孩正讀著什麼書。男孩眞想用粗魯的行動來嚇走他，好比說移到另一張凳子去坐。不過，男孩的父親一向教導他要尊敬長輩。所以他就拿起書讓老人自己看。他這麼做有兩個用意，一來他自己也不太確定書名該怎麼念；二來，如果老人不會念，說不定就會因此羞愧得自行移到別張凳子去坐了。

「嗯……，」老人把書拿過去，左看右看，好像那是個奇怪的東西，然後說：「這本書很重要，不過讀起來會令人厭煩。」

男孩嚇了一跳。沒想到老人識字，而且他早就讀過這本書了。如果這本書眞像老人

說的令人厭煩，也許他該趁還來得及的時候，趕快去換另一本書。

「這本書了無新意，就跟世界上其他大多數的書一樣，」老人繼續說著：「光只會描述人們對自己命運的不由自主，甚至還以世界上最大的謊話來作結尾。」

「什麼是世界上最大的謊言？」在全然的驚訝下，男孩脫口問。

「在生命的重要時刻，我們卻對發生在自己身上的事物無能爲力，只能聽天由命——這就是世界上最大的謊言。」

「我就不會這樣。」男孩說：「別人希望我當一個神父，我卻決定做個牧羊人。」

「那好多了！」老人說：「因爲你眞的很喜歡旅行。」

「他知道我在想什麼！」男孩忖道。在這同時，老人翻閱著書頁，似乎無意把書還給他。男孩注意到老人的衣服很奇怪，有點像阿拉伯人。在這一帶地方來說，穿著阿拉伯服裝的人並不稀奇。非洲距離台里發很近，只要乘船渡過窄窄的海峽，幾個小時就到了非洲。這座城裡常可以看見阿拉伯人，或者正在做買賣、或者正在進行一天數次的奇怪禮拜。

「你打哪兒來的？」男孩問。

「從好幾個地方來的。」

「沒有人會從好幾個地方來。」男孩說。「就以我來說，我是個牧羊人，去過許多地方，但我只來自一個地方——一個靠近某個古老城堡的城市，那是我出生的地方。」

「好吧，那我們不妨說我出生在撒冷。」

男孩不清楚撒冷在哪裡，不過他也不想追問，以免顯得自己太無知。他盯著廣場上的人群看了好一會，那些人來來去去的，每個人看起來都很忙。

「撒冷最近還好嗎？」他問，試圖找到一些線索。

「還不就是那樣。」

仍無線索。不過他知道撒冷不是位於安達魯西亞地區，否則他一定會聽過這個地方。

「你在撒冷是做什麼的？」他繼續。

「我在撒冷是做什麼的？」老人大笑。「我是撒冷之王[5]。」

人類就愛說些奇怪的事，男孩心想。有時候羊群遠比人類好相處，因爲牠們不會說話。更好的是與書獨處。書只會在你願意聽的時候，才會說些奇幻的故事。可是，當你和人交談的時候，他們就會說些讓你不知道該怎麼接下去的話題。

「我叫麥基洗德。」老人說：「你有幾隻羊？」

「夠多了。」男孩說，看得出老人想多了解他的背景。

「喔，那我就沒辦法幫你的忙，如果你覺得你已經有了夠多的羊。」

男孩心頭升起一股怒火。他可沒要人幫忙啊！是那個老人自己跑來討一口酒喝，也是老人先開口聊起來的。

「把書還給我。」男孩說。「我必須走了，去帶我的羊上路。」

「給我十分之一的羊，」老人說：「我就告訴你該怎麼找到寶藏。」

男孩想起他的夢，霎時這一切再明白不過了。那個女人雖然沒跟他收錢，可是這個老人——大概是她丈夫吧——卻用另一種方式想叫他拿出更多錢來交換情報，去找一處根本不存在的寶藏。這老人大概也是個吉普賽人吧！

但男孩還來不及說什麼，老人就靠過來，拿起一根木條，在廣場的沙地上開始寫字。有個東西從他的胸部射出來，帶著強烈炫目的光芒，使得男孩有一瞬間看不見任何東西。然後，老人迅速用斗篷蓋住了他剛剛寫的東西，動作敏捷得不像他那年紀該有的。當視覺恢復正常時，男孩卻能清楚地讀出老人剛才在沙地上寫下的字。

就在這個小城市的廣場沙地上，男孩看見了他父母的名字、那間他就讀了一段時日的神學院名稱。他還看見了那個商人女兒的名字——他本來根本不知道的；他甚至還看見了他從未告訴過別人的事。

☆

「我是撒冷之王。」那老人曾這麼說。

「爲什麼一位國王會來跟一個牧羊人說話？」男孩問，帶著敬畏和羞慚。

「有幾個原因。不過，最重要的是因爲你已經發現了你的天命。」

男孩不懂什麼是「天命」。

「那就是你一直想去做的事。每個人，在他們年輕的時候，都知道自己的天命。

「在那時候，每件事都清晰不昧，每件事都有可能。他們不會害怕作夢，也不畏懼去渴望生命中任何會發生的事物。然而，隨著歲月流逝，一段神祕的力量將會說服人們，讓他們相信，根本就不可能完成自己的天命。」

男孩受到強烈的震撼。不過他還是想知道那股「神祕的力量」是什麼。當他告訴商人女兒這件事時，她將會多麼感興趣呵！

「這股力量看似負面，實則引導你去完成你的天命。它能淬煉你的精神、砥礪你的願力，因爲這是這個星球上最偉大的眞理：不管你是誰，也不論那是什麼，只要你眞心渴望一樣東西，就放手去做，因爲渴望是源自於天地之心；因爲那就是你來到這世間的任務。」

「即使你所渴望的只不過是去旅行？或者是和一位布料商人的女兒結婚？」

「甚至是去尋寶。天地之心是依賴著人們的幸福，或者不幸、嫉妒、猜忌而滋長。完成自己的天命，是每個人一生唯一的職責。萬物都爲一。

「而當你眞心渴望某樣東西時，整個宇宙都會聯合起來幫助你完成。」

兩人接著沉默了好一會，觀看著廣場上的人群移動。最後老人先開口。

「你爲什麼會想要當個牧羊人？」

「因爲我想要旅行。」

老人指著廣場一角，那裡有一位麵包師傅正站在自家商店櫥窗邊，老人說：「在他年幼時，他也渴望去旅行，但他決定先買間麵包店，攢些錢在身邊。這樣，等到他年老時，就有能力到埃及去生活一個月。他從來不明白，人類在生命的任何一個階段其實都有能力去完成他們的夢想。」

「他實在應該去當牧羊人的。」男孩說。

「他曾經想過，」老人說：「不過，麵包師傅的地位比牧羊人要來得高。麵包師傅有自己的房屋，而牧羊人卻只能睡在野外。每個父母都比較希望看到自己的孩子嫁給麵包師傅，而不是牧羊人。」

男孩感覺心咚地跳了一下，想起商人的女兒。在她鎮上也一定有個麵包師傅。

老人繼續說道：「到頭來，別人怎麼想就會變得比自己的天命重要。」

老人再度翻著書頁，並似乎打算要從翻到的那一頁讀起。過了好半晌後，男孩突然問老人：「你爲什麼要告訴我這些？」

「因爲你想要完成自己的天命，也因爲你正好處在一個想要放棄它的時刻。」

「而你總是會在這個時刻出現嗎？」

「不一定是像這種方式，但我總是會出現，也許是以這種面貌，也許是另一種。有時我甚至是以解答或者靈感的形式，出現在人們面前；而在另外一些重要時刻，我則扮演著促使事情更順利進行的觸媒。我還做過許多其他的事，不過多半人們並不知道那些事情是我做的。」

老人提起在一個星期前，他以一塊石頭的形貌出現在一個礦工眼前。那礦工放棄一切，就只爲了挖掘翡翠。他已經在一條河裡挖了五年，檢視了成千塊礦石，只爲了能挖掘出一塊翡翠。他幾乎要放棄了——而其實他只要再挖掘一塊礦石，僅僅再一塊就好了，他就會發現他所要找的翡翠。因爲那礦工放棄了所有的一切去完成他的天命，所以老人就決定要促成他的願望。他把自己變成一塊石頭，滾到礦工腳邊。積壓了五年的怒氣和挫折感，使得礦工抓起石頭往旁邊擲去。在用力過猛之下，石頭竟擊落了另一塊礦石。礦石裂開，露出有始以來最美麗的翡翠。

「從很小的時候人們就知道，他們是爲了什麼而活著，」老人說，語氣中帶著某種

尖刻，「也許這也正是人們會那麼快放棄它的緣故。很遺憾，不過事實就是如此。」

男孩想起老人曾提到了寶藏的事。

「寶藏要靠流水的力量沖刷才能露出來，但也正是同一個力量把寶藏深埋在底下。」老人說：「如果你想要找到你的寶藏，就必須給我十分之一的羊。」

「如果我付給你寶藏的十分之一呢？」

老人露出不屑的表情。「如果你一開始就去承諾你根本還未擁有的東西，你就會失去勇往直前的欲望。」

男孩告訴老人，他已經答應要把寶藏的十分之一付給那位解夢的吉普賽女人。

「吉普賽人很擅長這個。」老人嘆口氣，「不過這樣也好，你就學會了生命中的每一件事都必須付出代價的。這正是光之武士[6]試圖要告訴人們的。」

老人把書遞還給男孩。

「明天這個時間，你把牲畜中的十分之一交給我，然後我會教你怎麼去找你的寶藏。午安！」

老人消失在廣場的某個角落。

☆

男孩又開始讀他的書，卻不再能專心了。他又緊張又沮喪，因爲他知道老人說的是對的。他走去麵包店買了一條土司，同時猶豫著要不要告訴那個麵包師傅關於老人提到他的事。

有時事情還是順其自然好了，他忖道，並決定還是不說爲妙。如果他說了，麵包師傅可能就要花上三天時間去思考是否要放棄這一切——這一切他已經越來越習慣的生活。男孩不願造成麵包師傅的困惑。所以他開始在這個城市中四處晃蕩，並發現有一間小房子的窗口正在販售前往非洲的船票。他知道金字塔就在非洲。

「需要什麼嗎？」窗口後的男人問。

「等明天再說吧！」男孩說著走開。只要賣掉一頭羊，他就有錢到海峽的另一岸。這念頭嚇住了他。

「又是一個作白日夢的，」售票員看著男孩走開，對他的助手說：「他根本沒錢旅行。」

當他站在售票窗口前，男孩想起他的羊群，決定應該回去做個牧羊人。這兩年裡他已經學會了做個牧羊人該具備的種種技巧：他會剃羊毛、會照顧懷孕的母羊，也有能力保護羊群不受野狼侵害。他知道安達魯西亞上所有的肥美草地，也明白每一頭羊的合理售價。

他決定盡可能繞最遠的路回去朋友的牛舍。當他經過城堡的時候，臨時起意，沿著石造斜坡爬上城牆的最頂端。從城牆的頂端，他可以眺見非洲。曾有人告訴他，摩爾人就是從那兒來的，然後侵占了整個西班牙。

從他所站的地方，他幾乎能鳥瞰整個城市，包括他和老人談話的那個廣場。

詛咒那一刻讓我遇見了他，男孩想。他本來只是進城來找個人幫他解夢而已，可是那個吉普賽女人和老人卻不管他是個牧羊人。他們都不明白，牧羊人就該跟他的牲畜在一起。他了解每一頭羊的每一件事：哪一頭羊跛腳、哪一頭羊兩個月以後要生小羊，還有哪一頭羊最懶惰。他懂得怎麼幫牠們剃毛、怎麼宰殺牠們。萬一他決定離開牠們，這些羊鐵定會完蛋。

起風了。他知道這種風，當地人稱它黎凡特風，因爲當年摩爾人就是乘著這種風，從地中海東岸的黎凡特[7]來的。

黎凡特風越吹越強。我正在這裡，在我的羊群和我的寶藏之間，男孩想道。他必須

沒有一顆心會因為追求夢想而受傷。

在他已經習慣的東西和他想要擁有的東西之間作抉擇。還有那個商人女兒。不過，她不像羊群那麼重要，因爲她並不依賴他過活，也許她根本不記得他了。他很確定，對她來說他出現的那天和平常的日子沒什麼兩樣。對她來說，每一天都是一樣的，而日子之所以會相同，是因爲人們不能珍惜每天發生的事。

我離開了我父親，我母親，還有我的城鎮。他們逐漸習慣了沒有我，我也習慣了沒有他們。總有一天我的羊兒們也會習慣沒有我在身邊，男孩想。

從他此刻坐著的地方，可以觀察著廣場。人們川流不息進出麵包店。一對年輕的情侶正坐在他和老人曾坐過的板凳上接吻著。

「那個麵包師傅……。」他對自己說，卻沒再想下去。

黎凡特風持續增強中，他可以感覺風正拍打著他的臉。這風曾帶來了摩爾人，也吹來了沙漠和罩著面紗的女人的味道。風中混合著汗水和男人的夢想，那些男人曾經離開家園，迎向未知、黃金、冒險——還有金字塔。

男孩嫉妒起這風的自由自在，同時看見了自己也可以擁有相同的自由無羈。沒有什麼可以阻絆他，除了他自己。羊群、商人女兒、安達魯西亞的草原，都不過是他邁向命運終點的一步罷了！

隔天中午，男孩和老人碰面。他交給老人六頭羊。

「我很驚訝，」男孩說：「我的朋友竟然立刻就買下其他的羊。他說他一直夢想要當個牧羊人，那實在是個好兆頭。」

「事情總是如此，」老人說：「這叫做心想事成。當你第一次玩牌，總是會贏。新手的好運道。」

「為什麼會這樣？」

「因為有一股強大的力量希望你去完成你的天命，它讓你先嘗點甜頭。」

老人開始檢驗羊群，發現了那隻跛腿的羊。男孩解釋說，不必太在意牠的跛腿，因為牠是羊群中最聰明的一隻，而且牠也生產最多的羊毛。

「寶藏在哪裡？」他問。

「在埃及，靠近金字塔的地方。」

男孩呆住了。那個吉普賽女人也說過同樣的事，卻未向他收費。

「你必須遵從預兆，才能發現寶藏。神已經為每個人鋪好了路，你只需要去解讀祂留給你的預兆。」

在男孩能回答之前，一隻蝴蝶出現，拍翅飛進男孩和老人之間。男孩想起有一次他

撒冷王化身為一位老者，對男孩而言，他是位出世的智者。

祖母說的，蝴蝶是個好兆頭，就像蟋蟀、就像蜥蜴，和四瓣酢漿草。

「沒錯，」老人說，好似他可以讀出男孩心裡的想法，「就像你祖母教你的，這些都是好兆頭。」

老人解開斗篷，男孩被眼前所見的東西嚇了一大跳。老人在斗篷下穿了一件用厚金片做成的盔甲，上面綴滿各種珍貴的寶石。男孩回想起前一天看見的強烈光芒。

他果然是個國王！他一定是用偽裝來避開盜賊。

「這兩個給你。」老人說，從盔甲上取下原先綴在盔甲中央的一顆白色石頭，和一顆黑色石頭。「它們叫烏陵和土明[8]。黑色石頭表示『是』，而白色石頭表示『否』。當你不會解讀預兆時，它們會幫助你。記住，只問關鍵性的問題。

「但你還是盡可能自己想辦法作決定。寶藏就在金字塔；這點你早就知道了，不過我還是得收下六頭羊作為代價，因為是我幫助你下定決心的。」

男孩把石頭放進袋子裡。從此刻起，他要自己作決定。

「不要忘了，你所遇見的所有事物都只為了一件事，再也沒別的。也別忘記解讀預兆。最重要的，不要忘了遵循你的天命直到最後。

「在我離開前，我還要告訴你一個小故事。

「有一個商店老闆教他的兒子到世界上最有智慧的人那兒，去學習幸福的祕密。少年於是穿越沙漠，跋涉了四十天，終於來到一座蓋在山頂上的美麗城堡。那是智者住的地方。

「他本以爲會遇見一位擺脫塵俗的智者，結果他一踏入城堡大廳，卻看見了鬧哄哄的聚會，商人來來去去，人們擠在各個角落裡聊天，一個小型的樂團正演奏著抒情音樂，還有一張桌子上擺滿了各式各樣美味佳餚。而智者正跟每個人談話，少年只好等待了兩個小時，直到終於輪到他和智者說話。

「智者專心聽少年解釋他來這裡的原因，卻說他沒時間立刻解釋幸福的祕密。他建議少年到四處去逛逛，兩個小時後再回來。

『同時我也要你做一件事，』智者遞給少年一根湯匙，匙上滴了兩滴油，『當你在四處逛的時候，不要讓油滴出來。』

「男孩開始沿著城堡的樓梯爬上爬下，眼光卻一刻未離開湯匙。兩個小時後，他回到大廳，找到智者。

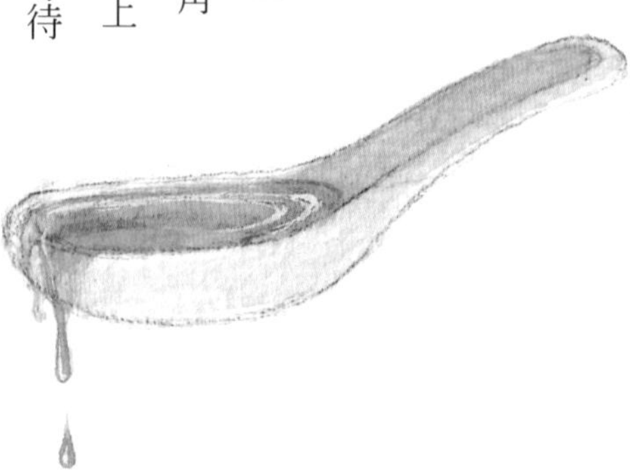

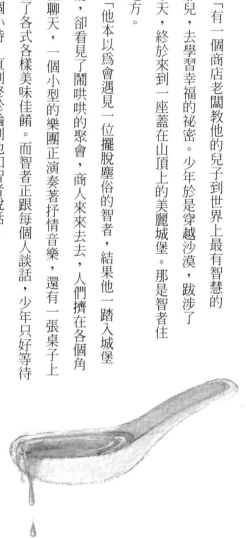

「『好啦，』智者問：『你有沒有看見掛在餐廳裡的波斯壁毯？你有沒有欣賞那個精心設計的主花園？那可是花了十年才造好的。你有沒有注意到圖書館裡那張美麗的羊皮紙啊？』

「男孩覺得十分尷尬，坦承他根本什麼也沒注意看。他只全神貫注不讓油滴出來。

「『那就再回去欣賞這個城堡的美麗壯觀吧！』智者說：『你不應該相信一個人，如果你不了解他的房子。』

「於是少年就放鬆心情，開始探索這個城堡。這一次，他仔細地欣賞了天花板、地板，和牆上的繪畫，他看了花園，也瞭望了四周的山景、美麗的花朵，還有各個精心挑選的藝術品。等再回到智者身邊時，他仔細描述了他所見的一切。

「『可是那些油呢？』智者問。

「少年低頭看湯匙，發現湯匙裡的油早就沒了。

「『我只能提供你一個建議，』這個最有智慧的人說：『幸福的祕密就是去欣賞世界上所有的奇特景觀，但不要忘了湯匙裡的油。』」

牧羊人沒說話。他了解老人告訴他的故事。一個牧羊人可以熱愛旅行，但絕不能忘了他的羊群。

老人凝視男孩，舉起雙手，在男孩的肩上做了一些奇怪的手勢。然後他帶著羊兒離開。

☆

在台里發的最高處，矗立著一座古老的城堡，那是摩爾人蓋的。從城牆上可以眺望非洲。

就在那天下午，撒冷王麥基洗德來到城牆上，坐在那兒，任由黎凡特風吹拂著他的臉。羊群在附近不安地騷動著，牠們還不習慣新的主人，和這麼多的改變。牠們想要食物和水。

麥基洗德觀看著一艘船啓航離開港口。他不會再看見那個男孩了，就像他後來再也沒見過亞伯拉罕，自從他向亞伯拉罕收了十分之一的費用以後。這是他的工作。[9]神是不該有欲望的，因爲祂們沒有天命。然而，撒冷王卻萬分渴望那個男孩能夠成功。

實在太遺憾了，那男孩很快就會忘記我的名字了，他想道。我應該再念一遍給他聽的。這樣，當他提到我的時候，就會說我是撒冷王麥基洗德。

他望向天空，感覺些許羞赧地說：「我知道這是徒勞無功，正如您所說的，我主。但是一個老國王有時還是需要以自己爲榮。」

☆

非洲眞是個奇怪的地方，男孩想。

他正坐在一間酒吧裡，這間酒吧和男孩剛經過的丹吉爾[10]狹長巷道裡的其他酒吧，沒什麼兩樣。他的四周坐著一些男人，他們正傳遞

人總是比較夢想回家，勝過於離開家。

著一根巨大的菸斗，輪流抽著。這幾個小時來，他已經看見過這城裡的男人們手挽著手走路、看見過蒙著面紗的女人，也看見了神職人員爬上高塔祈禱——而他四周的人全突然伏跪在地上，額頭觸地[11]。

「異教徒的儀式。」他對自己說。當年在神學院就讀的時候，他總是看著聖・聖狄雅各・馬他摩洛斯（St. Sandiago Matamoros）騎白馬的畫像。在聖・聖狄雅各・馬他摩洛斯手上握著出鞘的寶劍，而他的腳邊正匍匐著一群類似的人。男孩覺得既不舒服又孤立。這些異教徒看起來眞像惡魔。

除此之外，男孩驀地想起一件糟糕透頂的事：因爲太匆忙就上路了，所以他忘了一件事——只是一個細節，卻會讓他很久都找不到他的寶藏——他忘了，在這個國家裡，只說阿拉伯文。

酒吧主人走過來，男孩就指指隔桌人正在喝的東西。結果那竟是一杯苦苦的茶。男孩比較喜歡酒。

不過他現在不需要在意這些。他全心想著他的寶藏，還有怎麼去挖出寶藏。他的錢包裡有一筆豐厚的錢財，那是他賣掉羊所得到的，而男孩知道，錢可以帶來奇蹟；有錢人絕不會孤單的。不需要很久時間，也許只要幾天，他就可以到達金字塔了。那老人不會騙他的，不管怎麼說，一個身穿著金冑甲的老人不需要爲了六頭羊來欺騙他。

那老人曾提到了跡象和預兆，而當男孩渡過海峽時，他也想到了預兆。老人說的一點兒也沒錯：當男孩還在安達魯西亞平原時，他也已經逐漸學會了從觀察土地和天空來選擇路徑。他發現，如果某一種鳥出現就表示附近有蛇，而如果出現了某一種矮灌木叢，就表示這地區有水源。這是他的羊群教會他的。

如果神能夠把羊帶領得這樣好，相信祂應該也會同樣來指引人，男孩想，這讓他心裡舒坦多了。茶喝起來也沒那麼苦了。

「你是誰？」他聽見一個聲音用西班牙語問他。

男孩鬆了一口氣。他才正想著預兆，就有人出現了。

「你怎麼會說西班牙語？」他問。對方是一位穿著西方服飾的年輕人。那人看起來和男孩差不多年紀、身高也差不多。

「這裡幾乎每個人都會講西班牙語。我們離西班牙才不過兩個小時船程。」

「坐下來。我想和你談一筆生意。」男孩說：「幫我叫一杯酒。我討厭這種茶。」

「這個國家不供應酒。」年輕人說：「此地的宗教禁止喝酒。」

然後男孩告訴這個年輕人，他想要去金字塔。他差一點就說出寶藏的事，但決定

還是不要。如果他說了，也許這個阿拉伯人也會跟他索取部分寶藏，作爲帶領他去金字塔的酬勞。他想起老人說的，千萬不要把自己尚未到手的財富作爲酬庸。

「我希望你能帶我去那裡，如果你能。我會付你嚮導費用。」

「你知道怎麼去嗎？」新朋友問。

男孩發現酒吧老闆站在他們附近，正專心聽他們的談話。酒吧老闆的出現讓他覺得非常不自在，不過，他剛找到一個嚮導，不想失去這個機會。

「你必須越過整個撒哈拉沙漠，」年輕人說：「想要越過沙漠，你得要有足夠的錢才行。」

男孩覺得這個問題很奇怪，不過他信任老人說的，當你眞心渴望一樣東西時，整個宇宙都會來幫你的忙。

男孩從袋子裡取出錢來，拿給年輕人看。那個酒吧老闆也湊上來看。兩個人用阿拉伯語交談了幾句，酒吧老闆看起來很生氣。

「我們先離開這裡吧！」新朋友說：「他叫我們離開。」

男孩鬆了一口氣。他站起來付錢，但那個酒吧老闆抓住他，開始用一連串憤怒的語句對他說話。男孩覺得自己夠強壯來反擊，可是他是在一個陌生的國家。他的新朋友推開酒吧老闆，把他拉到自己身邊。「他想要你的錢，」他說：「丹吉爾跟非洲其他的地方不同。這裡是個港口，而港口總是有小偷。」

男孩信任他的新朋友，他幫助他脫離了險境。男孩拿出錢來數了數。

「明天以前，我們就可以抵達金字塔了。」年輕人接過錢來，說：「不過我必須去買兩匹駱駝。」

他們一起走過丹吉爾的狹長街道。街道裡擺著各種攤位，上面都有出售物品的符號。然後他們來到一個大廣場的中央，那裡正有個市集。成千上萬人正大聲論價，賣東西，買東西；蔬菜被擺在一些匕首當中叫賣、地毯被放在菸草邊展示。不過男孩仍全神盯著他的新朋友看。畢竟年輕人拿走了他全部的錢。他曾想過叫年輕人把錢還他，又擔心這麼做會顯得不夠友善。他實在不太懂這個國家的風土人情。

「我只要盯著他就好了。」他對自己說。他可比他的新朋友要來得強壯許多。

突然，在一團混亂中，他看見了一把絕美的劍。劍鞘上鑲著銀飾，劍把是黑色的，綴滿珍貴的寶石。男孩決定，等他從金字塔回來，他一定要回來買這把劍。

「你問一下攤子老闆那把劍怎麼賣？」他對他的新朋友說，然後驀地明瞭他被放鴿

子了——就在他轉頭看那把劍的時候。他的心扭擰，好似胸腔突然被壓縮著。他不敢抬頭去張望，因爲他知道他將會發現什麼。他繼續盯著那把美麗的劍看了一兩秒，直到集蓄了足夠的勇氣，才轉過身去。

在他的四周仍是那個市集，人群來來去去，叫賣聲此起彼落，還有奇怪食物的味道……他看見了一切，就是看不到他的新夥伴。

男孩極力說服自己，他的新朋友只是一時意外地和他分開了，他決定站在原地等他回來。就在他等候的時候，一位神職人員爬上附近的高塔，開始祈禱。市集裡的每個人紛紛跪下，額頭觸地，跟著禱告。然後，就像一群勤勉的螞蟻般，市集上的人卸下他們的攤位，離開。

太陽也開始落山了。男孩望著落日逐漸滑下它的軌道，直到它隱沒入環繞在廣場四周的白色山峰。他想起這天早上當他看著太陽升起時，他還在另一個大陸上；那時他還是一個牧羊人，身邊有著六十頭羊，等著去跟一個女孩兒碰面。這天早上他對於即將發生在他身上的事情都很清楚，他踩在一塊他很熟悉的草原上。可等到日落時，他卻在一個不同的國家裡，變成一個陌生國家裡的陌生人，他甚至不會說人家的語言。他不再是個牧羊人了，也沒有半毛錢可以回家，重新開始自己的生活。

這一切都發生在日出和日落之間，男孩想。他覺得自憐而且悔恨，他的人生竟然起了這麼迅速而劇烈的變化。

他有些羞愧地發現自己想哭。以前他甚至不曾在他自己的羊群面前哭，可是如今這個廣場上空無別人，他又離家這麼遠。他哭了起來，爲著上帝待他不公，爲著這一切的發生都是上帝在懲罰一個相信夢的人。

當我擁有我的羊時，我很快樂，我也讓周遭的一切都很快樂。人們看見我來了，也很高興，他想道。可是現在我卻悲傷又孤獨。我快要變得尖刻又猜疑，只因爲有人背叛我。我也會嫉妒那些找到寶藏的人，只因爲我找不到自己的。而且我會越來越鄙視我自己，因爲我太渺小了，不足以征服這個世界。

他打開袋子，看看自己還擁有什麼；說不定還有一兩片三明治碎屑，那是他在船上吃剩的。結果只發現了一本厚重的書、他的夾克，還有老人給他的兩顆寶石。

他凝視著兩粒寶石，心情陡然變得輕鬆不少。因爲他用六隻羊去換來了這兩顆珍貴的寶石，它們可是從一個黃金甲冑上拔下來的。他可以把這兩顆寶石賣了，買一張回程的船票。不過這一回，我會變得比較聰明了，男孩心想，同時把兩顆寶石從袋子裡拿出來，改放到衣服的口袋裡。這是一座港口城市，而我唯一信任的朋友曾告訴我，港口城市總是充滿了小偷。

現在他終於明白了，爲什麼那個酒吧老闆會那麼生氣。那個老闆一直試圖要告訴他，不要信任那個年輕人。「我就像大多數人一樣——只肯相信自己想要相信的，不肯去看清事情究竟眞正是怎麼一回事。」

他用手指緩慢地撫過寶石，感受著石頭的表面和它們的溫度。它們是他的寶藏。僅僅是握著它們，就讓他覺得好過一點了。它們讓他想起了老人。

「當你眞心渴望某樣東西時，整個宇宙都會聯合起來幫助你完成。」那老人這樣說過。

男孩試圖想了解老人話中的眞諦。此刻他正在一個空蕩蕩的市集上，身上沒有半毛錢，也沒有羊群需要他帶領才能度過夜晚。然而，這兩顆寶石卻能證明，他確實曾經遇見過一位國王——那位國王完全了解男孩的過去。

「它們叫烏陵和土明，可以幫助你解讀預兆。」男孩把寶石放回袋子裡，決定來做個實驗。老人曾說過，一定是要問非常明確的問題，而且在問之前，一定得知道他要問的是什麼。所以，他就問，老人的祝福是否仍在？

他從袋子裡掏出一顆石頭，那是「是」。

「我會找到我的寶藏嗎？」他問。

他把手伸入袋子裡，想抓出一顆石頭，結果兩顆寶石都從袋子的破洞滑出去，掉落地面。男孩從沒注意到自己的袋子居然破了一個洞。他蹲下來，想撿起烏陵和土明，把它們放回袋子裡。可是當他看見它們散落在地上，腦中響起了老人說過的另一句話。

「學著去辨識預兆，並遵從它們。」那位老王說。

一個預兆。男孩對自己微笑。他撿起兩顆寶石，放回袋子裡。他也不打算縫補袋子的破洞了——反正這兩顆寶石隨時可以掉出袋子外，只要它們想。他已經學會了有些事情不該問，同樣地，他也不應該試圖去擺脫自己的天命。「我發誓，我會自己作決定。」他對自己說。

不過，寶石告訴了他，老人仍與他同在，這讓男孩覺得比較有信心。他再次環顧空曠的廣場，這次覺得不像剛才那麼絕望了。這不是個陌生地方，這是個新的地方。

畢竟，這就是他一向渴求的：去認識新的地方。就算他最終仍無法抵達金字塔，但總歸還是比他認識的其他牧羊人旅行到更遠的地方來了。噢，光是知道這兩個距離只有兩小時船程的城市差異這麼大，就夠他們驚訝的了！即使他此刻所在的新世界是如此空曠，但他已見識過這廣場曾經有過的生氣勃勃，而且他絕對不會忘記那景象的。

他想起那把劍。這念頭讓他有點痛苦，不過他眞的從未見過像那樣的一把劍。默想著這些，讓他忽地明白了，他正處在一個抉擇點上——或者把自己當作一個小偷的受害者，或者把自己視爲一位探險家，正探尋著他的寶藏。

「我是個探險家，我正要去找尋我的寶藏。」

☆

他被人搖醒。他在廣場上睡著了，而此刻廣場上的一切將復甦。

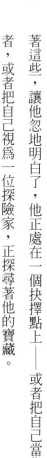

他環顧四周，尋找著他的羊群，然後忽地明白，他正身在一個新的世界。不過他已不再悲傷，反而覺得很高興。他不再需要爲他的羊群去找尋食物和水源，他只要尋找自己的寶藏就好了。他的口袋裡沒有半文錢，可是他有信念。昨晚他已經決定了，他將要像他曾讀過的那些偉大的探險家一般。

他緩步地走過市集。商人們正在架設帳篷，男孩幫助其中一個糖果小販架起他的攤位。這個糖果攤販的臉上泛著笑容：他很開心，因爲明白自己的生命在做什麼，而且正準備好要開始新一天的工作。糖果小販的笑容讓男孩想起老人——他遇見的那位神祕的

即使身在陌生的土地上，男孩也能應用從羊群學來的智慧。

老王。「這位糖果小販並不是因爲將來可以去旅行，或者可以娶一位商店老闆的女兒，才來賣糖果的，他做這個是因爲他喜歡賣糖果。」男孩心想。他明白他能夠像那個老人一樣了——感覺得出來一個人究竟是向著或背離他的天命。只要注視他們就行了。這並不難，只是我從未這麼做過，他想。

待攤位就緒，那位糖果小販把當天做的第一份甜點送給男孩。男孩向他道謝，然後吃了甜食，繼續上路。當男孩走開幾步路後，突然回想起，剛剛兩人在架設攤位時，一個說著阿拉伯語，而另外一位則說著西班牙語。

他們彼此都完全了解對方的意思。

這宇宙間必然存在著一種語言，不需要依賴任何字句，男孩想。我早就從和羊群相處的經驗上發現了這件事，原來人和人之間也可以如此。

他學會了一點點新的事，雖然有一部分他早已體驗過了，但他卻是第一次認知到這些。之前他從未認知這些，因爲他尚未準備好。如今他已然明白：如果我能夠了解那種不依靠任何字眼的語言，那麼我就能了解這個世界。

他決定要放鬆心情並且優閒地走過丹吉爾的狹長街道。唯有如此，他才能解讀預兆。他知道這需要一點耐心，不過，牧羊人最不缺乏的就是耐心。一旦他看清楚了這

宇宙間存在一種語言，不需要任何字句。

點，他發現即使自己身在陌生的土地上，還是能運用他從羊群那裡學來的智慧。

「萬物都爲一。」那個老人曾經這樣說。

☆

這天清晨，水晶商人醒來，心中浮起一貫的渴望。他已經在這個地方待了三十年：他有一間位於斜坡路頂的小商店，很少客人經過這兒。如今再去改變什麼都太遲了，他唯一會做的事，就是買進和賣出水晶玻璃用品。曾有一段時間，他的水晶店很出名，阿拉伯商人、法國和英國來的地理學家、永遠衣冠楚楚的德國士兵，他們都會來他的店裡。那時候，賣水晶是一件很愉快的事情，他也曾幻想著，有一天他將會變得很有錢，而且等他年老時仍然美女隨侍。

但，隨著時光逝去，丹吉爾改變了。鄰近的休達（Ceuta）發展得比丹吉爾迅速，丹吉爾的商業就沒落下來。鄰居都遷走了，山坡上只剩下一兩間小商鋪。不再有人辛苦地爬上山坡，只爲了逛幾家小商店。

可是這個水晶商人別無選擇啊！他已經耗盡了三十年時光在買賣水晶，現在要去做

別的事，對他來說都太晚了。

他花了整個早上觀察這條罕有人來往的街道。他這麼做已有數年了，完全知道什麼時刻會有什麼人經過門前。可就在午餐時間前，有個男孩停在他的商店門前。那男孩穿著普通，不過，水晶店老闆精明的眼睛早就看穿了這個男孩沒有錢買水晶。毫無來由地，水晶店老闆決定延後一點再去吃午餐，先等這個男孩走開。

☆

門上掛著的招牌說明了這家商店的人能說好幾種語言。男孩看見商店櫃檯後有一個男人。

「只要你願意，我可以幫你擦拭這個櫥窗後的水晶物品，」男孩對那個男人說：「它們現在這種樣子，一點都吸引不起別人的購買欲。」

那個男人盯著他，沒半點兒回應。

「代價就是你提供我吃的。」

那男人還是不吭聲，而男孩察覺到他面臨抉擇。在他的袋子裡，有一件夾克——在沙漠裡他是不需要穿夾克的。他拿出夾克，開始擦拭那些水晶玻璃品。在半小時內，他已經擦完櫥窗內所有的玻璃品，而在他擦的這一段時間裡，有兩個客人上門，買走了一些水晶。

當他擦拭完畢，他要求那個男人給他一些吃的。

「我們一起出去吃午餐吧！」那個水晶店老闆說。

他在門上掛一個告示牌，然後帶著男孩去附近一家小咖啡廳。當他們在那家咖啡廳裡唯一一張桌子邊坐定時，水晶商人笑了起來。

「其實你根本不需要擦那些水晶的，可蘭經裡要求我必須餵飽飢餓的人。」

「哦，那麼你爲什麼讓我繼續做呢？」男孩問。

「因爲那些水晶髒了，而你我都需要把腦海中不好的想法去除掉。」

他們吃飽後，水晶商人對男孩說：「我希望你到我的店裡來工作。當你工作的時候，有兩個客人上門，這是個好預兆。」

大家都在說預兆，牧羊人心想。可是他們並不眞正了解他們在說的究竟是什麼。就像我這麼多年來都不明白，我一直在用著一種無言的語言，對我的羊兒說話。

「你願不願意爲我工作？」商人問。

「我可以幫你做到今天結束，」男孩回答：「我可以一直工作到半夜，甚至直到天亮，把店裡所有的水晶都擦拭乾淨。我要你付給我工資，好讓我明天可以上路去金字塔。」

商店老闆大笑，「即使你一整年都幫我擦遍店裡全部的水晶玻璃……甚至你每賣出一件水晶玻璃，我就讓你抽成，你也還是需要借錢才能去得了金字塔。這兒離金字塔，可有好幾千公里遠咧！」

瞬間，一陣深沉的靜默籠罩住周圍的一切，整個城市像是沉睡了過去。市集上未曾傳來任何聲音，沒有攤販叫價的聲音，沒有人爬上高塔去祈禱。沒有了希望，沒有了探險，沒有了老國王，沒有了天命，沒有了寶藏，也沒有了金字塔。好像整個世界瞬間沉

幸福的祕密就是去欣賞世界上所有的奇特景觀，但不要忘了湯匙裡的油。

默下來，因爲男孩的靈魂已經寂然。他坐著，腦中一片空白地瞪著咖啡廳的門，眞希望自己已然死去，而世界上所有的一切也在那一刻永遠結束。

商人困惑地望著男孩。今天早上他在男孩身上看見的快樂，此刻突然消失了。

「我可以給你足夠的錢，讓你能夠回到你的國家，年輕人。」水晶商人說。

男孩沒說什麼。他站起來，整理衣服，拿起他的袋子。

「我替你工作。」他說。

過了長長的沉默後，他加了一句，「我需要錢，好買些羊。」

第二部

男孩為水晶商人工作了差不多一個月後就明白，這並不是那種會讓他快樂的工作。水晶商人成天待在櫃檯後面喃喃叨念，提醒男孩要小心拿著那些水晶、不要打破了任何一件物品。

不過他還是繼續做這工作，因為水晶商人對他很好，雖然水晶商人實在太愛發牢騷了。而且，每當他賣出一件貨品，水晶商人也果眞給他相當優厚的抽成，如今他已經存了不少錢在身邊。有天早上他算了算，如果他每天繼續這樣工作，差不多一年以後他就可以買一些羊了。

「我想作一些放水晶的展示架，」男孩對商人說：「這樣我們就可以在商店外面擺些貨品，吸引那些路過斜坡下的人。」

「我從沒這樣做過，」商人回答：「這麼一來，大家路過的時候就會撞到它，水晶就會被撞碎了。」

「噢，以前我趕著羊經過草原的時候，如果遇見蛇，有些羊就會死，可是對羊和牧羊人來說，生活本來就是這樣。」

商人轉過身去招呼一個要買三件水晶玻璃的人。他這家店的生意比以前要好得多……日子好像回到了從前當這條街還是丹吉爾的主要觀光點時。

「生意確實比以前要好。」當客人走了以後，他對男孩說：「我現在做得比以前好，你也很快就可以回家了。爲什麼還去要求更多呢？」

「因爲我們得去回應出現在我們面前的預兆。」男孩不假思索地說，說完之後很後悔，因爲商人並未遇見過那位國王。

「這叫做心想事成。新手

的好運道。因爲生命要你去完成你的天命。」那老人曾經這樣說。

不過商人明白男孩的意思。男孩出現在這家店就是個吉兆，而且隨著時間過去，大把大把錢流進收銀機之後，商人從未後悔他雇用了這男孩。他付給男孩的錢比男孩應得的要來得多，因爲一開始商人並沒有想到生意會那麼好，所以就提供了一個很高的抽成比例。他想男孩很快就要回去牧羊。

「你爲什麼想要去金字塔？」商人問，想把話題轉離展示架的事。

「因爲我聽過它們。」男孩回答，並未提到他作的夢。寶藏的事如今變成一個純然傷痛的回憶，他避免去回想。

「我認識的人裡面，沒有人會越過整個沙漠只爲了要去看金字塔。」商人說：「它們只不過是一堆石頭罷了。你也可以在你家後院蓋一座。」

「你從未夢想過旅行。」男孩轉過身去招呼一位剛走進店裡的顧客。

兩天後，商人主動對男孩提起了展示架的事。

「我不是很喜歡改變，」他說：「你和我跟海珊那個有錢商人不同。他即使進錯了貨品，也不會有太大的影響，可是我們就必須付出代價了。」

說得再正確不過了，男孩悲傷地想。

「你為什麼覺得要添一個展示架？」

「我希望能快一點回去牧羊。當手氣順的時候，我們必須盡可能把握好運道，所以就要多加把勁。有人說這叫做心想事成，或者，新手的好運道。」

商人沉默了好一會。然後他說：「先知賜給我們可蘭經，並告訴我們一生中要完成五功。第一功，同時也是最重要的一功，是信仰唯一眞神；其次是每天祈禱五次；還有在賴買丹月要持戒[1]；以及救濟窮苦。」

他閉嘴。當他提到先知的時候，眼裡充滿淚水。他是個虔誠的教徒，雖然沒什麼耐性，但他還是一心一意希望自己的生命能符合伊斯蘭教的教法。

「還有第五功呢？」

「兩天前你說我這一生從未夢想過旅行，」商人回答：「對每個伊斯蘭教徒來說，第五功是去朝聖。我們一生當中，至少要到聖城麥加去朝聖一次。

「麥加遠比金字塔要來得更遠。當我年輕的時候，我所有的想望，就是集資開這家商店，盼望有一天我就有了足夠的錢去參加。我開始賺錢，可是我卻無法放手讓別人代管這家店；水晶是很精緻易碎的東西。同時呢，我看見朝聖的人們來來去去經過我的店。其中也有富裕的朝聖者，他們跟著旅行隊，有僕人服侍，還有駱駝代步，可是大多數我看見完成朝聖的人都比我窮困得多。

「那些人都很高興地完成了朝聖。他們把朝聖的信物放置在他們家門上。其中有一位修鞋匠，一生就靠修鞋維生，他說他花了幾乎一年時間行過沙漠，可是這並不是最苦的，當他走過丹吉爾的大街小巷去買皮革的時候，他覺得更疲累。」

「呃，那你爲什麼不現在去麥加呢？」男孩問。

「因爲我是靠著想去麥加的念頭活下來的。是這個念頭支持我能夠面對一成不變的每一天、面對放在架子上的這些沉默水晶、日復一日地在那間可怕的咖啡廳裡吃午餐和晚餐。我很害怕一旦完成了夢想，我將不再有活下去的理由。

「你夢想著你的羊群和金字塔，但你和我不同，因爲你希望去完成你的夢想。而我只想作著去麥加的夢。我夢想過不只一千遍了：當我穿越沙漠，抵達克爾白[2]，我將會繞行克爾白七圈，直到我能夠去觸摸聖石[3]。我早已經幻想過了那些站在我身邊的人，在我前頭的人們，我們將會交談什麼，甚至我們會一起祈禱。但是我害怕我將會失望，所以我寧可去夢想它。」

那天，商人允許男孩去作展示架。並不是所有的人都能夠完成夢想的。

☆

兩個月過後，那個展示架為水晶店帶來眾多顧客。男孩估計，他只要再工作六個月，就可以回到西班牙，買六十頭羊，甚至再多六十頭。一年不到，他的羊群就加倍了，而且現在他已經能夠和阿拉伯人做生意，因為他現在能夠說他們的語言了。自從在市集廣場的那天早上之後，他不曾再使用過烏陵和土明，因為如今金字塔對他而言已如同夢那般遙遠了，正如麥加之於水晶商人。話說回來，男孩現在很喜歡這個工作，他不斷地期待著衣錦榮歸台里發的那一天。

「你必須永遠清楚你要什麼。」那個老國王曾這麼說。男孩完全明白他的意思，而且正全力朝向這個目標。也許他的寶藏就是來到一個陌生的土地，遇見一個騙子，然後不花一文錢就把他的羊群擴增成兩倍。

他很以自己為榮。他已經學會了許多重要的事，像是怎麼從事水晶生意，不須依靠言語的語言……還有預兆。有一天下午，他看見一個人來到山頂，抱怨說他費力爬上山頂，結果竟然找不到一個像樣的地方可以坐下來喝杯飲料。對於辨認預兆已經越來越嫻熟的男孩，立刻去建議商人。

「我們何不兼賣茶給那些爬山的人。」

「這附近已經有夠多賣飲料的店了。」商人說。

「可是我們可以把茶倒進水晶杯出售。人們一定會覺得喝起來更有氣氛，也願意把水晶杯買回去。聽說美是對人類最大的誘惑。」

商人沒有答腔，不過那天下午，就在他做完禱告、關上店門後，他邀請男孩一起坐，共抽他的水菸筒，那是阿拉伯人抽的奇怪菸筒。

「你在尋找什麼？」老商人問。

「我早就告訴過你了，我希望買回我的羊群，所以必須賺錢。」

商人在水菸筒裡放進些許新的煤塊，然後深深吸了一口。

「我經營這家店已經三十年了。我能分辨好

的水晶和劣質水晶，以及關於水晶的種種學問。我了解它的各角度切面，以及它如何折射展現光華。如果我們開始用水晶來盛放飲料，那麼這間商店將會擴大營業。到那時，我們就必須改變我們的生活方式了。」

「那不好嗎？」

「我早已經習慣了舊的樣子。在你來以前，我總是想著自己一直在原地浪費時間，而我的朋友們卻不斷前進，不管他們最終是破產或者更好。那讓我非常沮喪。可是現在我卻覺得保持現狀並不一定不好。這間商店的規模大小正是我希望它能夠有的樣子。我不希望作任何改變，因爲我不知道該怎麼應付改變。我只習慣原有的樣子。」

男孩不知道該說什麼。商人繼續說道：「你實在是我的福星。今天我才明白許多我從前不了解的：如果忽略了福氣，福氣就會變成詛咒。我並不想從生活裡多得到什麼，可是你正迫使我去看見我以前未知的財富和地平線。如今我已經看見了它們，這才知道自己的可能性是多麼寬廣，我將會覺得比你來這兒以前還要糟，因爲我知道了自己可以完成更多的事，然而我卻不想去完成。」

幸好，我沒去告訴台里發那個麵包師傅什麼，男孩對自己說。

他們坐著一起抽著水菸筒，直到落日開始滑下天際。他們用阿拉伯語聊天，男孩很驕傲自己能夠這麼做。曾經有一度，他以為他的羊群能教他關於世界上一切該知道的事。不過牠們不曾教他說阿拉伯語。

也許這世界上還有許多事都是我的羊兒無法教我的，他凝視著眼前的老商人，一面默想。他和羊群們一起做的事，無非就是尋找食物和水。也許那並不是牠們教我的，而是我從牠們那兒學來的。

「Maktub。」商人最終說。

「那是什麼意思？」

「這是生為阿拉伯人的才會懂的，」他回答：「很類似你們說的『注定』。」

然後，當他們清除水菸筒裡的煤灰時，他告訴男孩可以開始用水晶杯來賣茶。有時候，是無法讓河水逆流的。

☆

一群人爬著山，當他們爬上山頂的時候，覺得很疲倦。但等他們看見山頂上有一間水晶飾品店供應清涼薄荷茶時，便紛紛進店裡去享用以美麗水晶杯盛著的冰涼飲料。

「我太太就沒想過要這麼做。」有一個男人說，他還買了許多水晶杯——當天晚上他將宴請一些客人，而他的客人一定會對這些美麗的水晶器皿讚不絕口。另一個人議論說，用水晶杯來喝茶就覺得那茶格外可口，因爲水晶比較能保持茶的香氣。第三個人則說，在東方用水晶杯喝茶是一項傳統，因爲水晶具有神奇的魔力。

沒多久，消息傳開，更多的人爬上這座山頂，來參觀這間水晶商店。這家店雖然是老行業，卻有著新手法。其他水晶商店也開始仿效，用水晶杯來供應茶，可是他們都不是位在山頂上，生意沒那麼好。

最後，老商人不得不再多雇用兩個夥計。他開始引進大量的茶，還有大量的水晶器皿，而他的商店則湧進無數追求新風尚的男女。

就這樣，幾個月流逝。

☆

男孩在天亮前醒過來。自從他踏上非洲這塊土地，已經過了十一個月又九天。

他穿上白麻布的非洲服裝，這件衣服是爲了今天特地去買的。他戴上頭巾，並用一根駱駝皮環固定住。穿好新買的涼鞋，他安靜地步下樓梯。

整座城市仍在沉睡中。他自己做了份三明治，並啜飲了用水晶杯盛著的熱茶，然後去坐在充滿陽光的門前，抽著水菸筒。

他沉默地抽著水菸筒，什麼也不想，只是聽著風聲，風中帶來了沙漠的氣味。當他抽完後，他拿起一個袋子，並坐在那兒好半晌，凝視著他取出來的東西。

那是一大把錢，夠他買一百二十頭羊，一張回程船票，還有一張可以進口非洲物品到他國家的許可證。

他耐心地等著商人醒來，並打開店門。然後兩人一起外出去喝茶。

「我今天離開。」男孩說：「我已經有足夠的錢去買羊了，而你也有了足夠的錢去麥加。」

老人沒說話。

「你會祝福我嗎？」男孩問：「你曾經幫助了我。」但是老人依然不語地繼續倒茶。

然後他面向男孩。

「我爲你感到驕傲，」他說：「你替我的商店帶來了新氣象。可是你清楚我不會去麥加，就像你明知道你是不會去買那些羊的。」

「你怎麼知道?」男孩大吃一驚地問。

「Maktub。」老水晶商人說。

然後他祝福男孩。

☆

男孩回到房間打包行李。總共三包。臨走的時候，他瞥見了牆角那個舊的牧羊袋子。它被紮成一束，已經被他冷落了好久一段時間。他抽出袋子裡面的夾克，正考慮著也許該把這個袋子送人，忽然從袋子裡跌出兩顆寶石。烏陵和土明。

這讓他想起那位老王，而讓他驚訝的是，他已經好長一段時間都不曾想起他了。將近有一年時光，他只顧著拚命工作，攢足夠的錢，好讓他能夠風光地回到西班牙。

「絕對不要放棄夢想。」那個老王曾經這樣說：「遵循著預兆走。」

男孩撿起烏陵和土明，並再一次莫名地感覺到，那個老王就在他身邊。他已經辛苦地工作了一整年，如今預兆告訴他，該走了。

我將回去做我以前做的事，男孩想。即便那些羊不能教我說阿拉伯語。

可是那些羊曾經教他一些更重要的事：這世界上有一種大家都能了解的語言，在過去他曾多次運用這種語言，來改進水晶商店的一些事。這種語言訴說著熱忱；訴說著愛和目標能夠成就許多事；它同時也是你在追尋你所深信並渴望之事的其中一部分。丹吉爾已經不再是一個陌生的城市，而且他覺得，正如他能征服這個城市，他可以征服其他任何城市。

「當你眞心渴望某樣東西時，整個宇宙都會聯合起來幫助你完成。」那個老王這麼說。

可是那個老王不曾說他會被騙錢，也不曾提到沙漠的無邊無際，或者，有些人雖然明白自己的夢想，卻從不期望去實現它。那個老王也不曾教他，金字塔原來只是一堆石頭罷了，或者任何人都可以在自家蓋一座金字塔。他也忘了提，如果你有夠多的錢，可以買比從前更多的羊時，你應該毫不猶豫去買下來。

男孩拿起袋子，把它跟其他東西放一起。他走下階梯，看見商人正在招呼一對異國夫妻，同時還有兩位客人正手持水晶杯，邊喝茶邊瀏覽著店裡的物品。這比平常這個時候更熱鬧。從他站的位置，他第一次發現到，老水晶商人的頭髮和那個老王的竟然很相似。他回憶起那個糖果小販臉上的笑容——那是他來到丹吉爾的第一天，沒有東西吃，

也不知道該去哪裡時——那個笑容也好似那個老王的笑容。

好像他就在這裡，並留下一些印記，男孩想著。這些人從來沒遇見過那個老王，然而，他也說了，他總是出現來幫助那些想完成天命的人。

他沒跟水晶商人道別，就離開了。他不想在有第三者的時候哭出來。他會想念這個地方，以及所學會的一些好事。他對自己更有信心，並且覺得似乎征服世界。

「不過我將回到老地方，去照顧羊。」他堅定地對自己這樣說，可是他不再對自己的決定覺得快樂。他已經努力工作了一整年來完成一項夢想，可是，隨著分分秒秒過去，他越來越覺得這個夢想不再那麼重要了。也許是因爲這不是他眞正的夢想。

誰知道……也許像水晶商人那樣比較好：從不去麥加，卻一直活在想要完成夢想的生活中，他想道，再度企圖說服自己。但是當他手中握住烏陵和土明時，它們卻傳遞給他老王的力量和信念。很巧合地，或者該說這是一個預兆，他竟然來到了他第一天進去的那間酒吧。那個騙子不在那裡，而酒吧老闆端給他一杯茶。

我永遠都可回去當個牧羊人的，男孩想。我懂得照顧羊群，也還沒忘記該怎麼做。可是我也許不再有機會去埃及的金字塔了。那個老王穿著一件黃金盔甲，而且他知道我的過去。他是一位國王，而且是一位有智慧的國王。

安達魯西亞山脈離這兒只不過兩小時遠而已，可是在他和金字塔之間卻阻隔著一整個沙漠。然而他想到可以用另一種方式來看待目前的情況：這也代表他離他的寶藏更接近了兩個小時……儘管這兩個小時事實上花了他整整一年才走過。

我知道我爲什麼想回去牧羊，他想。我了解羊，牠們不會帶給我麻煩，甚至還可以是我的好朋友。可是從另一方面來說，我並不知道沙漠是否會成爲我的朋友，而我卻必須在沙漠中尋找我的寶藏。如果我沒找到它，我總是可以回家。我終於有了夠多的錢，也有足夠的時間，爲什麼不去呢？

他突然感到快樂無比。他永遠都可以回去做個牧羊人，也總是可以回去水晶店工作。也許這個世界上還藏著其他的寶藏，不過他有一個夢，還遇見過一個國王，那可不是每個人都會有的。

當他離開酒吧時，腦中不停地計畫著。他還記得水晶商人的一位供貨商提過，他是跟著商隊運送水晶，穿越沙漠的。男孩手握著烏陵和土明，因為這兩顆寶石，他再度踏上尋寶的路。

「當有人想完成他的天命時，我總會在附近。」那位老王曾經這麼對他說。就去供貨商那裡打聽看看金字塔是否眞那麼遠，這又不會有什麼損失的，不是嗎？

☆

那個英國人坐在一間混濁著動物氣味、飼料和灰塵氣味的建築物裡，這間房子既是倉庫也被用作牲畜圈寮。我從來沒想到竟然會來到這種地方，那個英國人坐在一張板凳上想著，邊翻看著一本化學筆記。我大學待了十年，竟然是爲了來這種地方。

不過他還是得來，因爲他相信預兆。他傾其一生和研究，就爲了要發掘出宇宙至眞的語言。一開始他去研讀世界語[4]，後來是世界宗教，如今是煉金術。他能夠說世界語，他通曉各種主要宗教，可是他尚未成爲一個煉金術士。他已經解開了一些主要的疑問，可是他的研究把他帶到從未想過的境界。他曾試圖和一位煉金術士建立關係，卻徒勞無功，那些煉金術士都是怪人，他們只關注自己，從不肯幫助他。誰知道呢？說不定他們根本沒辦法解開「哲人石」的祕密，所以當然不肯告訴他眞相嘍！

他已經幾乎散盡父親留給他的財產，卻仍找不到「哲人石」。他也耗費了龐大的時間，在世界上所有大圖書館，讀遍所有最重要的和最珍藏的煉金術典籍。在其中一本書上他讀到，曾有一位阿拉伯的煉金術士去到歐洲。聽說當時他已經超過兩百歲了。而他發現了「哲人石」和「長生露」。英國人對這一故事印象極爲深刻，可是他和他的朋友們都沒想過這個故事可能是眞的，直到他一位朋友從阿拉伯沙漠考古回來，告訴他曾遇見了一位具有不可思議神力的阿拉伯人。

「他住在費奧姆綠洲[5]，」他的朋友說：「聽說他已經兩百多歲了，而且能把任何物質轉變成黃金。」

英國人驚喜交加，他立刻辭去所有的工作和合約，帶著最重要的一些書，然後就來到這裡了——一間又髒又臭的倉庫。倉庫外頭，一隊商隊正準備開拔，穿越撒哈拉沙漠，其中一站將會經過費奧姆綠洲。

我現在就要去找那個該死的煉金術士了，英國人想。這個想法，讓英國人覺得周圍的動物腥味變得比較能忍受了。

有一位年輕的阿拉伯人走進來，放下他的行李，並對英國人打了招呼。

「你要去哪裡？」那個年輕的阿拉伯人說。

「我要去沙漠裡。」英國人回答，轉頭繼續看書。他現在不想和別人交談。此刻更重要的是複習這些年來所學的，因爲那個煉金術士必然會測驗他夠不夠格。

年輕的阿拉伯人拿出一本書開始讀起來。那是一本西班牙文書。很好，英國人想。他的西班牙語說得比阿拉伯語好，如果這個年輕阿拉伯人也要去費奧姆，那麼他路上沒事做的時候就有說話的伴了。

☆

「真奇怪，」男孩說，他再度讀著書開頭的喪禮那一段，「這本書我讀了兩年，卻一直看不完開頭的這幾頁。」即使不再有一位老王來打斷，這次他依然無法專注。

他還是不確定自己的決定對不對，不過他知道了一件事：作完決定只不過是事情的開頭而已。當一個人作了決定，就像跳進一股強勁的水流中，水流將會帶他到作決定的最初也夢想不到的地方去。

當我先前決定要來找寶藏的時候，怎麼也想不到會跑去水晶商店工作，他想，加入這個商隊雖然是我的決定，可是商隊會帶我去哪裡，仍是個未知。附近有個英國人正在看書。他看起來不太友善，而且當男孩走進來的時候，好像正在生氣。他們本來可以作朋友的，可是英國人閉嘴不肯再交談了。

男孩闔上書。他不想做像那個英國人一樣的事。於是他拿出烏陵和土明把玩著。那個英國人驚叫道：「烏陵和土明！」

男孩立刻把寶石放回袋子裡。

「這是非賣品。」他說。

「它們也不值多少錢。」英國人回答。「他們只不過是水晶礦石做的，而這個地球上有幾千萬粒水晶礦石。不過內行的人都知道這是烏陵和土明，只是我不曉得原來這個地方也產烏陵和土明。」

「這是一位國王送給我的禮物。」男孩說。

陌生人沒回答，他從自己的袋子裡也取出兩個石頭，和男孩的寶石相同的石頭。

「你是說一位國王嗎？」他問。

「我想你一定不相信，堂堂一位國王竟會和我這樣的人交談。我只不過是個牧羊人而已。」他說，不想再談下去了。

「我沒這個意思。當全世界的人都懷疑的時候，正是牧羊人首先認出國王來[6]，所以我一點也不懷疑國王會和牧羊人說話。」

他怕男孩不明瞭他的意思，所以繼續說：「這是聖經裡說的。也是這本書教我關於烏陵和土明的事。它們也是上帝唯一認可的占卜之物。神父們總是把它放在一個黃金胸牌裡。」

男孩突然覺得好高興到這間倉庫。

「也許這是一個預兆。」英國人說，半是自言自語著。

「誰告訴你預兆的事？」這一刻男孩的興趣來了。

「生命裡的每件事都是預兆。」英國人說，闔上他正讀著的書。「有一種天地萬物共通的語言，如今已被人們遺忘了。我想尋找出這種語言，所以才會來到這裡。我必須要找到一個懂得這種語言的人，那是一位煉金術士。」

他們的談話被倉庫主人打斷。

「你們兩個很幸運，」那個胖胖的阿拉伯人說：「今天正好有一隊駱駝商隊要去費奧姆。」

「可是我要去埃及。」男孩說。

「費奧姆就在埃及。」阿拉伯人說：「你這個阿拉伯人怎麼當的？」

「這是一個好預兆，」等阿拉伯人出去了以後，英國人說：「如果可以，我將來一定要寫一本厚厚的百科全書，是關於幸運和巧合，而且還要配上這幾個字的宇宙共通語言。」

他告訴男孩，有烏陵和土明在手，他們的相遇絕非巧合。他又問男孩，是否也來找煉金術士。

「我是來找寶藏的。」說完，男孩立刻覺得很後悔。不過那個英國人好像覺得這一

點也不稀奇。

「從某個角度來看，我也是。」英國人說。

「我甚至不知道什麼是煉金術士。」男孩說，同一時候，倉庫老闆叫他們出去。

☆

「我是領隊。」一個黑眼珠、蓄著鬍鬚的男人說。「我掌握著這個商隊每個人的生死大權。沙漠是個反覆無常的女人，有時她眞會把人逼瘋的。」

在他面前集聚著差不多兩百個人，以及四百頭牲畜——駱駝、馬、騾子和雞。人群裡有婦女、小孩，也有一些腰帶上佩劍，肩

沙漠讓人覺得渺小，因之變得沉默。

上扛著來福槍的男人。英國人隨身帶著好幾箱書。人群很嘈雜，領隊不得不再三重複他說的話，好讓每一個人都能明白他的意思。

「我們當中有各種不同的人，每個人有他各自信仰的神，不過我唯一信仰的眞神是阿拉。以祂的名，我發誓，我將會竭盡所能，再次成功地帶領大家橫越沙漠。同樣地，我也要求你們每一個人都要以你們信仰的神發誓，這一路上你們一定要聽從我的指示，不管我說什麼。在沙漠中，不服從就意味著死亡。」

人群發出一陣低鳴，每個人都各自對著她或他的神起誓。男孩對耶穌基督起誓，而那個英國人什麼也沒說。群眾的低喃聲持續了好一陣子，比一句簡單的誓言要來得久。大家同時也在懇請上天保佑。

一聲長長的號角聲響起，眾人紛紛上路。男孩和英國人都買了駱駝，並跟著騎上駱駝背。男孩替英國人的那隻駱駝覺得可憐，因爲牠必須馱著英國人的書籍。

「沒有巧合這回事。」英國人說，重拾起他們在倉庫時被打斷的話題。「我會來這裡是因爲一位朋友說，這裡有一個阿拉伯人……」

商隊卻在這時開始前進，男孩根本聽不清楚英國人在說什麼。不過男孩知道英國人打算說什麼：連繫萬事萬物的神祕鍊環。正是這個神祕的鍊環讓他成爲一個牧羊人，讓他重複作同一個夢，讓他去到一個靠近非洲的城市，發現一個國王，被騙走了錢，所以後來才會認識一位水晶商人，然後……。當一個人越來越接近天命完成的時刻，天命也會更加成爲他存在的意義，男孩想。

商隊向東行進。他們在早晨出發，於正午陽光最強的時刻停下休息。下午稍晚時再度上路。男孩很少跟英國人交談，英國人大部分時間都在看書。

男孩沉靜地觀察牲畜和人在沙漠中的行進。現在一切都和早上剛開拔時不一樣了。在他們剛啓程的那時候，混亂的動作中夾雜著叫囂聲、孩童的哭鬧聲、動物的嘶嘶聲，還有商人與嚮導們緊張的命令聲貫穿其間。

但在此刻的沙漠中，耳際只聽見不間斷的風聲與獸蹄聲。就連嚮導們彼此也很少說話。

「我已經往來穿越這片沙漠好多次了，」有天晚上一位駱駝伕說：「可是這片沙漠是如此廣袤，地平線如此遙遠，它們讓人覺得渺小，因之變得沉默。」男孩當下了解了他的意思，雖然他之前未曾來過沙漠。每當他看見大海，或是火焰，他也會陷入沉默，震懾於它們的力量。

我曾經從我的羊群學會了一些事，也曾從水晶那兒學會了些事，他冥思著，我也可

商隊和沙漠說著共同的語言，這是商隊之所以能通過沙漠的理由。

以從沙漠學會一些事，它看起來是如此古老而智慧。

風從不曾間歇，男孩遙想起那一天當他坐在台里發的城堡上時，同樣也是這個風吹拂過他的臉頰。風吹的感覺讓他聯想起羊毛的觸感……他的羊兒們此刻正在安達魯西亞的草原上，尋找食物和水吧，正如牠們一直在做的。

「牠們不再是我的羊了，」他對自己說，不帶一絲愁緒，「牠們一定早就習慣了新的牧羊人，說不定早就忘記我了。這也好，像羊這種動物，很習慣旅行，所以牠們都知道要往前走。」

他想起商人的女兒，確信她大概結婚了。說不定是嫁給一個麵包師傅，或者另外一個會讀書、會告訴她精采故事的牧羊人——反正，他不會是唯一一個會說故事的牧羊人。不過他還是很興奮能立即了解那位駱駝伕所說的話：說不定他也正在學習宇宙間關於人類過去和現在的共同語言。「第六感。」他媽媽總是這麼說。男孩開始了解到直覺是靈魂瞬間的沉浸在宇宙當下的生命中，在那當下，整個人類的歷史都聯結一起，我們可以了解萬事萬物，因爲一切都被注寫在那兒。

「Maktub。」男孩說，想起了那個水晶商人。

沙漠是綿延不絕的沙和石塊。如果有一塊大石塊擋路，駱駝商隊就會繞過它，如果前頭有一大片石塊區，商隊就會繞個大圈從另一條路走；如果沙子太細，為了怕沙子塞住獸蹄的蹄縫，他們也會另外找一條比較平穩的路。有些路面上充滿了乾涸鹽湖的鹽粒，牲畜們在這種地面幾乎舉步維艱，所以那些駱駝伕就必須下來，扛著所有行李，徒步走過一段長長的路，直到通過這個地區，才能再把貨物堆上駝峰上，並坐上去。如果其中有一位嚮導生病或死亡，大家就必須指派一位新的嚮導。

這一切都必須符合一個最根本的理由：不管是繞多少路，作多少調整，商隊一定朝著原來的方向行進。一旦克服了阻礙，商隊就必得回歸原先的路程，向著指向綠洲方向的星辰前進。早上醒來若看見那顆星正在天際閃耀，大家都確定自己正往著正確的路程前進，水源、棕櫚樹、房舍，還有人群正在前頭等著他們。唯獨那個英國人不知道這一切，他大部分時間都浸淫在自己的閱讀裡。

男孩也帶著書，旅程剛開始的那一兩天，他曾試著去讀它，但他發現，觀察商隊或聽風吹的聲音都比看書有趣多了。當他更了解他的駱駝，並和牠建立起感情時，他就把書丟開了。雖然他下意識知道，每一回他打開書都能學到一些重要的事，不過他終於決定那是個無關緊要的負擔。

他和騎在他旁邊的一位駱駝伕變成朋友。夜晚時分，當他們圍著營火時，男孩告訴

當人全神追求一樣東西的時候，也正是人最接近天地之心的時候。

那位駱駝伕他在當牧羊人時遇見的奇事。

在他們的聊天中，那駱駝伕告訴男孩他的故事。

「我曾住在埃爾開倫（El Cairum）附近，」他說：「我擁有果園、孩子，和妻子，生活本來應該會這樣一直持續到我老死。有一年，收成很好，我們就全家一起去麥加朝聖，我終於完成生命裡的最後一功。我可以快樂地死去了。

「可是有一天發生地震，尼羅河沖破河堤。我本以為這種事只會發生在別人身上，絕不會輪到我。我的左鄰右舍都在擔心他們的橄欖樹會被洪水淹沒，我的妻子害怕我們會失去孩子，我則想著，我所擁有的一切都被毀了。

「土地荒瘠了，我必須找另一種謀生的方法。所以我就來當駱駝伕。然而這一切的災難讓我更加明白阿拉的箴言：人們不需要恐懼未知，但看你有無能力去追求自己的需要與渴望。

「我們總是害怕失去，不管是我們的生命、財富，或我們所擁有的一切，可是當我們明瞭我們的一生和人類歷史都是由同一隻手注寫時，恐懼就會消失。」

有時，他們的商隊會和其他商隊相遇。奇妙的是，彼此總是擁有對方需要的東西——彷彿一切萬物眞是被同一隻手注寫下來似的。當他們圍坐在營火邊時，駱駝伕們會交換暴風的訊息，並說起沙漠的種種故事。

偶爾，蒙著頭巾的神祕男人會出現，他們是貝都因族人[7]，負責守望著商隊行走的路線。他們會告訴商隊這附近是不是有小偷或強盜部落。他們穿著黑袍，只露出眼睛，總是來無聲去無息。有一天晚上，一位駱駝伕來到男孩和英國人坐著的營火邊，對他們說：「聽說發生了部族戰爭。」

三人都沉默下來。儘管沒人說什麼，男孩察覺空氣中流蕩著恐懼。再一次，他體會到無聲的語言……宇宙共通的語言。

英國人問他們是否有危險。

「一旦你步入沙漠就不可能回頭了，」那位駱駝伕說：「而一旦你無法回頭，你必須只去操心如何前進最好。其餘的就交給阿拉，包括危險。」

他用一個神祕的字總結，「Maktub。」

「你應該多花點時間注意商隊，」等那個駱駝伕走開後，男孩對英國人說：「我們這一路上繞了好多彎，可是我們總是朝同一個終點走。」

「而你應該多讀點書了解世界，」英國人回答：「就這一點來說，書就跟商隊一樣。」

這一大群人和動物開始加快腳程。以往白日的時光裡，大家就一向很安靜，如今連在夜晚時刻也變得沉默了——本來大家已逐漸習慣圍著營火聊天。接著有一天，領隊決定不再燃起營火了，這樣才不會招惹別人的注意。

旅客也開始幫忙整頓牲畜，讓牠們在夜裡圍成一圈，而人們就睡在圈子內，彼此擠靠著取暖抵禦夜間的寒冷。領隊還加派武裝的守衛在外圍守夜。

有一天晚上那個英國人睡不著覺，就叫醒男孩，兩人一起沿著營隊外圍的沙丘散步。那天是滿月，男孩告訴英國人他的故事。

英國人對於男孩改進水晶生意的部分特別感興趣。

「那就是格物的道理。」他說：「在煉金術中，叫做『天地之心』。當人全神追求一樣東西的時候，也正是人最接近天地之心的時候。它永遠是一股正向的力量。」

他又說，不僅人類擁有這種天賦，凡是地球上的萬事萬物都有其心，不管是礦物、蔬菜，或是動物——甚至一個簡單的念頭也有。

「地球上的萬事萬物一直在變遷改變，因爲地球是活的……地球也有心。我們都是這個心的一部分，所以我們極少察覺這個心正爲我們而作用著。可是我相信，當你在那家水晶商店工作時，你也許已經發現了，即使是那些水晶玻璃也一起幫助你成功。」

男孩凝望著月色和浸著銀白月光的沙地，思索英國人說的話。「我一直觀察著商隊在沙漠中行進，」他說：「我發現商隊和沙漠說著共同的語言，這是商隊之所以能夠通過沙漠的理由。沙漠檢視著商隊的每一個步伐，看它是不是按照時間來，如果它是，那麼我們就能夠抵達綠洲。」

「如果我們任何一個人是依靠個人的勇氣加入這個商隊，卻不了解這個語言，那麼這趟旅程將會大不相同了。」

他們一起站在那兒看著月光。

「預兆眞是神奇，」男孩說：「我觀察到領隊們怎麼解讀沙漠的徵象，以及整個商隊之心如何和沙漠之心交談。」

英國人說：「我想我得花點時間觀察商隊。」

「而我得花點時間讀你的書。」男孩說。

☆

這些書眞奇怪。它們提到了水銀、鹽、龍，和國王，這些他沒一樣看得懂。

一旦步入沙漠就無法回頭了，必須只去操心如何前進就好。

不過這些書裡似乎反覆陳述一個觀念：萬事萬物的存在都只爲彰顯一件事而已。在其中一本煉金術書裡，他發現整本書最重要的內容，只佔短短幾行字，而那幾行字還是從一塊翡翠礦石的表面抄錄下來的。

「那就是『翡翠之碑』。」英國人說，他很自傲他能教男孩一些事。

「喔，那麼我們要這麼多書幹嘛？」男孩問。

「所以我們才能理解這幾行字啊！」英國人回答，不過顯然他也不太相信自己說的話。

男孩最感興趣的是其中一本描述幾位著名煉金術士的書。這些煉金術士窮盡一生都在他們的煉金室裡提煉金屬；他們深信，如果持續燒煉一塊金屬，金屬將會把自己的各種屬性昇華，最後只留下天地之心。這個天地之心將幫助他們了解天地之間任何事物，因爲它就是宇宙萬物共同的語言。煉金術士們把最後提煉出來的東西叫做「元精」[8]——這是一種半液體半固體的物質。

「你不能只靠著觀察人和預兆來了解這種語言嗎？」男孩問。

「你眞愛把所有的事情都單純化。」英國人惱怒地回答：「煉金術是一門嚴謹的學科。每一個步驟都必須恪守導師指示的過程來進行。」

男孩接著明白「元精」的液體部分就是「長生露」，它可以治百病，也能讓煉金術士維持長生不老；而固體的部分就是「哲人石」。

「哲人石很難得到，」英國人說：「煉金術士們花了多年時間在他們的煉金室裡，觀察燒煉金屬的火焰。由於他們投注在爐火旁的時間這麼長，到最後他們就漸漸脫離世俗了。他們發現了，淨化金屬到最後也淨化了自己。」

男孩想到了那個水晶商人。商人曾經說過男孩把那些水晶擦拭乾淨是一件好事，藉此他可以把自己從負面的想法中釋放出來。男孩越來越相信，煉金術其實可以從每天的生活中學習得來。

「哲人石還有一項神奇的性質，」英國人說：「只要一小片石屑，就可以把一大塊金屬提煉成黃金。」

聽了這個，男孩對於煉金術更感興趣了。他想，只要些耐性他就能把所有的東西變成黃金。他研讀著許多成功煉金術士的故事：包括愛爾維斯（Helvéius）、埃利亞（Elias）、富爾坎耐利（Fulcanelli），以及格貝爾（Geber）等。他們的故事都十分神奇：他們每一個人最後都完成了他們的天命。他們旅行、與智者交談、在懷疑的群眾面前展示了奇蹟，而且他們都擁有哲人石和長生露。

但是當男孩接著想知道如何完成「元精」時，卻開始感到茫然不解。書上只有圖示、密碼式的說明，和晦澀含糊的文字。

☆

「他們爲什麼要把事情弄得這麼複雜？」有一天晚上他問英國人。他注意到英國人很焦躁，並且一直想把他的書拿回去。

「所以那些應該了解書內容的人才能了解。」他說：「你想想看，如果每一個人都跑過來，想把錫變成黃金，那會是什麼情況？黃金就不再有價值了。只有那些堅持到底，而且願意深入鑽研的人，才能完成元精。這就是爲什麼我會來到這個沙漠裡。我要尋找一位眞正的煉金術士，請他幫助我破解這些密碼。」

「這些書是什麼時候寫的？」男孩問。

「好幾百年前。」

「那個時候還沒有印刷術，」男孩爭論著，「不是人人都有機會了解什麼是煉金術，所以他們幹嘛用這些奇怪的文字，配上這麼多插圖？」

那個英國人並未直接回答他。他說，過去這幾天來，他費心去觀看商隊如何行進，可是他並沒有學到什麼新的事。他唯一注意到的是，大家越來越常提到戰爭。

☆

然後有一天，男孩把書還給英國人。「你有沒有學到什麼？」英國人問，渴望知道任何一件事。他需要有個人和他聊聊天，以免老是想起戰爭可能會發生。

「我學到了，這個世界有個心，任何人只要了解這個心，也就能通曉萬物的語言。我學到了，曾有許多煉金術士都完成了他們的天命，而且終於發現了天地之心、哲人石，以及長生露。

「不過更重要的是，我知道了，這些事情其實都很簡單，簡單到可以寫在一塊翡翠石板的表面。」

英國人很失望。這麼多年來的研究、那些神奇的符號、奇怪的文字，還有實驗室裡的器材……好像沒有一樣引起男孩的注意。他的心大概太樸質了，沒辦法了解這些，英國人想。

他拿回他的書，把它們裝回袋子裡。

「回去觀察商隊吧！」他對男孩說：「我也同樣沒從那裡學會什麼！」

男孩回去凝視著無言的沙漠，和被獸蹄濺起的沙土。「每一個人都有他學習的方法，」他對自己說：「他的方式和我的就不一樣，我的也和他的不同。可是我們都在追尋我們的天命，因此我尊敬他。」

☆

商隊開始日夜趕路。蒙面的貝都因人越來越常出現，而那個駱駝伕──他如今已經變成男孩的好友了──他對男孩解釋說，有兩個部落開始打起來，因此這個商隊需要一點運氣，才能抵達綠洲。

動物都累了，人們的交談也越來越少，越來越沉默。沉寂變成夜晚裡最糟糕的部分，而每當有駱駝嘶鳴──曾經這只不過是駱駝的嘶鳴──而如今，大家聽著那叫聲卻感到十分恐懼，因為這聲嘶鳴說不定是某種突襲的警訊。然而那個駱駝伕似乎並不太在意這場戰爭。

「我現在正活著，」有一晚他對男孩說，那時既沒有月光也沒有營火，他們正一起吃著一串椰棗時，「當我吃東西的時候，我只想著吃，如果我正在行進，我也只專注地前進。如果我必須打仗，那麼哪一天死，對我都一樣。

「因爲我並不需要依靠我的過去或財富而活著。我只關心現在。如果你能活在當下這一刻，你就會活得很快樂。你就能夠看清沙漠裡永遠有生命，天上永遠有星星，而那些部落之所以會戰爭只不過因爲那就是生命當中的一部分。生命對你來說將會是一場饗宴，一個盛大的慶典，因爲生命就在我們活著的每一個當下。」

兩天後的晚上，當他準備躺下來睡覺時，男孩目光搜尋著他們每晚依循的星星。他

想道，地平線好像比以往來得低，因爲他幾乎可以看見星星就掛在沙漠裡。

「那是綠洲。」那個駱駝伕說。

「喔，那麼我們怎麼不現在就去那裡呢？」男孩問。

「因爲我們必須睡覺了。」

☆

當太陽東升時，男孩醒了過來。那兒，在他的面前，就在昨晚看見小星星的那裡，有一排無止境的棗椰樹，橫過整個沙漠。

「我們到了！」英國人說，他也一向早起。

但男孩卻沉默不語。他正自在地享受沙漠的沉靜，並且滿足於欣賞那些樹。他還要走一大段路才能到達金字塔，而今天早上將會變成一個回憶而已。不過，就在當下的這一刻裡——駱駝伕說過的饗宴——他想要活在這個當下，正如他活在他的過去，活在他未來的夢想之中。雖然棗椰樹的景致將會在未來的某一天變成純然的回憶，可是就在此刻，它意味著陰涼、水，以及戰火中的庇護所。昨天那些駱駝的嘶鳴聲意味著危險，如今一排棗椰樹卻歡唱著奇蹟。

這世界說著很多種語言，男孩想。

☆

時光飛快經過，那些商隊也是，那個煉金術士心想，他望著數百個人抵達這個綠洲。人們對著那些新來的人喊叫，沙塵揚起遮蔽了沙漠裡的太陽，綠洲裡的孩童們則因爲人潮來臨而興奮地騷動著。煉金術士看著這個部落的長老向前歡迎商隊的領隊，並和他交談了好長一陣子。

不過對煉金術士來說，這些都不甚重要。他早就看夠人潮來來去去。他曾看過國王和乞丐走過沙漠。風時常改變沙丘，可是那還是同樣的沙，他從小就看到現在。他一直很喜歡那些旅客在看見綠色棗椰樹時的快樂，就在他們看了兩星期的黃沙和藍天之後。也許上帝就是因爲這樣才創造出沙漠的，好讓他們懂得欣賞棗椰樹，他想道。

他決定把注意力放在比較實際的事情上。他知道，他必須教這個商隊當中某個人一些密義。他還不知道是哪一個人，不過，當那個人出現的時候，他老練的眼睛一定會認

出來的。他希望這個人的能力跟他之前的學生一樣好。

我不明白為什麼這些事必須用嘴巴用言語說出來，他想著，密義一旦用言語說出來，就失真了；神的密義本來就能輕易地傳達給祂所創造出來的所有生物。

對這件事他只能解釋說：由於密義是從純淨的生活當中創造出來的，而這種純淨的生活是無法用圖片或文字來捕捉的，所以密義只好用這種方式來傳達。因為人們太著迷於圖片和文字，最後就忘了宇宙的語言。

☆

男孩眞不敢相信眼前看見的一切：這個綠洲並不僅僅是一處泉水圍繞著幾株棕櫚樹而已——正如他曾在一本地理書裡看見的樣子——事實上，這個綠洲比西班牙的許多鄉鎭都要來得更大。在這綠洲裡，有著三百處泉水、五萬棵棗椰樹，還有數不清的彩色帳篷駐紮其間。

「這個看起來好像《一千零一夜》。」英國人說，他迫不及待想找到那個煉金術士。

許多當地的孩童圍繞著他們，好奇地盯著這些剛來的人和牲畜。男人們也跑過來問他們，有沒有遇到戰事；而女人們則拿著商人帶來的布料、寶石互相比較著。沉靜的沙漠如今變成遙遠的夢，商隊裡的人也開始滔滔不絕地說著、笑著、叫喊著，宛如他們已經走出一個靈性的世界，再一次來到人的世界。他們既放鬆又高興。

眞奇怪，當他們在沙漠時，還一直保持警戒哩。不過那位駱駝伕也曾對男孩解釋過，綠洲始終都被當作中立的區域，這大概是因爲綠洲裡多半住著婦女和小孩。儘管沙漠中到處有許多綠洲，可是男人要打仗一定到沙漠裡去，讓綠洲維持成避風港。

商隊的領隊好不容易才把商隊裡全部人集合起來。他對大家說，商隊將要在這裡停留一段時間，直到部落戰爭結束以後才繼續上路。因此，商隊的人必須和綠洲裡的人一起住，而綠洲的人也會盡全力接待商隊的人。然後他要求商隊每一個人，包括他自己的護衛，都把隨身攜帶的武器交給這個綠洲的部落長老們。

「這是交戰時候的規矩，」領隊對大家解釋說：「綠洲不可以庇護軍團或軍隊。」

出乎男孩的意料之外，那個英國人也從他的袋子裡拿出了一把手槍，交給收集武器的人。

「你怎麼會有一把手槍？」

「它讓我能夠信任人。」英國人說。

男孩想起了他的寶藏。當他越接近完成夢想的時刻，事情好像變得越困難了。似乎那位老國王說的「新手的好運道」越來越不管用了。在追求夢想的其間，他好像一直在被考驗是否有持續下去的勇氣。所以他既不能遲疑，也不能失去耐心。如果他衝得太快，就看不見神留在這一路上的徵象和預兆了。

上帝把它們放置在我的道路上。他很驚訝自己會這麼想。直到前一刻，他都還認爲預兆是這個世界的東西，就像吃或睡，或者就像尋找所愛或找工作。他從未想過預兆是上帝的言語，用來指示他該做什麼。

「不可以不耐煩，」他對自己重複著：「這就像駱駝伕說的：『該吃的時候就吃。該前進的時候就前進。』」

第一天晚上，每個人都疲累得呼呼大睡，包括英國人在內。男孩被分配到一個離他朋友相當遠的帳篷，這個帳篷裡另外還睡了五個和他年紀差不多的年輕人。他們都來自沙漠地區，一直起鬨著要他說那些大城市的故事。

男孩就告訴他們他在牧羊時發生的故事。隔天早上，當他正要說起水晶店的工作經驗時，英國人走進了帳篷。

「我找了你一整個早上。」他把男孩叫出帳篷外，說：「我要你幫我找出那位煉金

綠洲中穿黑衣服的女人表示已婚，外人最好不要與之交談。

術士住哪裡。」剛開始，他們試著自己找；他們猜想一位煉金術士應該會跟綠洲其他居民過著不一樣的生活，而且他的帳篷裡應該有一座始終在燃燒的爐子，於是他們就根據這個特徵，到綠洲各個角落去尋找。可是這個綠洲實在比他們想像的還大，這裡有著上千座帳篷呢！

「我們已經浪費了一整天了！」英國人說，他和男孩正坐在一座泉水附近。

「也許我們最好問人。」男孩建議。

英國人猶豫不決，因爲他不想告訴別人他來這個綠洲的理由。不過他最後還是同意了。由於男孩的阿拉伯語說得比較好，就由他上前去問一位正好來到那泉水邊汲水的女人。

那個女人說，她從來沒聽過有這樣的人，並且緊張地跑開。不過就在她跑開前，她建議男孩最好不要和穿黑衣服的女人說話，因爲她們是已婚女人，男孩必須恪守傳統。

英國人很失望，他的旅程看起來一無所獲。男孩也很難過，畢竟他的朋友是在追尋著自己的天命啊！當一個人全心追求天命的時候，整個宇宙都會聯合起來幫助他完成——這是那個老國王說的，絕不可能錯誤。

「我以前從來沒有聽過煉金術士這個名稱，」男孩說：「說不定這裡的人也是。」

英國人的眼睛亮了起來，「沒錯！也許這裡的人根本不知道什麼是煉金術士。我們去找那個幫人治病的人。」

又有好幾個穿黑衣服的女人來到這個泉水邊汲水，不過男孩並未上前問話，雖然英國人一直在催促他。然後一個男人經過。

「你知不知道這附近有誰會幫人治病？」男孩問。

「阿拉為我們治療所有的疾病。」男人說，顯然他被這兩個陌生人嚇壞了，「你在找的人是巫醫。」他誦念幾段可蘭經上的經文，匆匆走開。

又有一位男人出現了。這次這個人年紀比較老，身上還扛著水桶。男孩再度上前問他。

「你找這種人做什麼？」那個阿拉伯人問。

「因為我這位朋友已經花了好幾個月時間旅行各地，只為了要找到他。」男孩說。

「如果這個綠洲裡住著這樣一個人，他一定是個法力高強的人，」老人想了片刻後說：「即使那些部落長老們，也不是說要見他就能見到他的。你們還是在這裡待到戰爭結束以後，然後跟著商隊趕快離開吧！不要試圖涉入綠洲的生活。」老人說完就離開了。

不過英國人卻欣喜若狂，他們找對地方了！

最後有一個年輕女人走過來，她穿的不是黑衣裳。她的肩上扛著一個水瓶，頭上套著頭紗，不過臉並未用布紗罩住。男孩走上前去，想要問她關於煉金術士的事。

一瞬間，時間好似靜止了下來，而天地之心卻彷彿正在他的心頭洶湧翻攪。當他望入她的黑眼珠裡，當他看見她的唇邊似笑又止，他明白了整個宇宙之語中最重要的部

分——世界上每個人的心都能了解的語言——那就是愛。那是比人類的存在更古老，比沙漠更悠遠的東西。正是它的力量讓兩對眼波交會，讓兩個人在這個泉水邊相逢。她微笑了，無疑的那是個預兆——顯然她正等待著他的到臨，甚至不知道他是誰。

這是最純淨的宇宙之語。不需要任何解釋，正如整個宇宙也不需要任何解釋就能航行至時間的終點。男孩全心感覺到他正處在與生命中唯一的女人邂逅的當下。儘管不曾交換任何言語，他知道她也有同樣的感覺。在這世界他沒有比這更確定的事了。他的父

母和祖父母曾經告訴過他，必須要等到戀愛並且眞正了解另一個人以後，才去結婚、固定下來。不過，有這種感覺的人也許並不了解宇宙之語。因爲，當你了解這一語言，你很容易就明白世界上有人正在等待著你，不論在沙漠之中，或者在大城市裡。而當這兩個互相等待的人，當他們的眼波交會，他們的過去和未來就變得不再重要。唯有那一瞬間，還有那不可思議的肯定，讓人清晰明白，太陽光底下的任何事物都早已被一隻手所注寫了。正是這隻手喚起愛，正是這隻手爲每個人創造了靈魂的另一半。沒有這樣的愛，一個人的夢想變得毫無意義。

Maktub，男孩想。

英國人搖晃著男孩，「快啊，快問她。」

男孩走近女孩身邊，當她微笑時，他也笑著。

「妳叫什麼名字？」他問。

「法諦瑪。」女孩說，她的目光避開。

「我的國家裡也有一些女人叫這個名字。」

「這是先知女兒的名字，」法諦瑪說：「侵略者把這個名字帶到世界各地。」

這位美麗的女孩在提到侵略者時，臉上充滿驕傲。

英國人戳戳他，男孩就問她是不是知道有個會治病的人。

「就是那位知道世界上所有祕密的人，」她說：「他會跟沙漠的精靈交談。」

精靈就是善和惡的神靈。女孩指指南方，說那就是那個奇人居住的地方。然後她就打滿水離開了。

英國人後來也離開去找煉金術士了。男孩在泉水邊坐了好長一段時間，想起在台里發的某一天，黎凡特風也曾帶來了女孩的香味。他驀地明瞭了，甚至在尚未知道她的存在之前，他就愛上她了。他知道，他對她的愛將讓他有能力找到世界上每一處寶藏。

隔天早上，男孩又去到那處泉水邊，希望能再度遇見女孩，卻驚訝地看見英國人在那裡，眺望著沙漠。

「我等了整個下午和晚上，」他說：「直到天際第一顆星升起時他才出現。我告訴他我正在找什麼，而他問我是否曾將錫煉成金。我告訴他，我來到這裡就是想學會這個。

「他告訴我必須試著這麼去做。他僅僅對我說：『去做。』」

男孩沒說什麼。這位可憐的英國人費盡這麼千辛萬苦，竟然只換得煉金術士叫他去做他早已做了無數次的事。

「那麼就去做吧！」他對英國人說。

「我正打算這麼做。我想現在就開始。」

當英國人離開以後，法諦瑪來了，並在她的水瓶裡裝滿水。

「我是來告訴妳一件事，我想娶妳。我愛妳。」

女孩的水瓶掉落，水潑倒出來。

「我會每天來這裡等妳。我橫越了整個沙漠是為了到金字塔附近尋找我的寶藏，本來我覺得這場戰爭是個災禍，如今我卻認為它是件好事，因為它讓我遇見了妳。」

「戰爭總有一天會結束。」女孩說。

男孩看著四周的棗椰樹，他提醒自己曾經是個牧羊人，所以他還是可以再做個牧羊人。法諦瑪比他的寶藏重要得多。

「部族的人一直在找尋寶藏。」女孩說，好似她已經看穿他心裡的想法。「而部落的女人總是為她們的男人覺得驕傲。」

她再度汲滿水離去。

男孩每天都會到泉水邊和法諦瑪相會。他告訴她，他在做牧羊人時的生活，他如何遇見那個國王，還有在水晶商店時的一切。他們逐漸變成朋友，而對男孩來說，除了和

男孩在綠洲中遇見了法諦瑪，一個不要愛人為自己放棄夢想的沙漠女人。

法諦瑪相處的十五分鐘外，每天的生活都漫長得似乎不會休止。當他在這個綠洲生活了約一個月以後，商隊領隊集合全部團員開會。

「我們不確定這場戰爭什麼時候會結束，所以我們的行程無法繼續下去。」他說：「這場戰爭也許會持續很久時間，說不定是幾年，那兩邊勢均力敵，而且都不肯放棄戰爭。這不是一場善和惡的戰爭，這是一場勢力爭奪的戰爭。當這種戰爭爆發時，總是會比其他類型的戰爭耗時更久。因爲阿拉同時站在兩邊。」

大家回到住的地方，而男孩那天下午走去和法諦瑪碰面。他告訴她那天早上的會議。「我們相遇後的那天，」法諦瑪說：「你告訴我說你愛我。之後你教我關於宇宙語言的事，還有天地之心。所以我已經變成你的一部分。」

男孩聽著她說話的聲音，並想道，她的聲音比風吹棗椰樹的聲音更美。

「我在這個綠洲等你已經等了很久的時間。我已經忘了我的過去、我一向遵循的傳統，還有其他種種沙漠男人期望女人做的事。自從童年起，我就盼望沙漠能帶給我一項神奇的禮物。如今我已經收到了我的禮物，那就是你。」

男孩想握住她的手，可是法諦瑪的手握著她的水罐。

「你告訴了我關於你的夢，關於那位老國王，以及你的寶藏。你還告訴了我預兆。

所以現在我不怕任何事，因爲正是這個預兆把你帶給我的。我已經變成你的一部分，你稱之爲天命的一部分。

「這也是爲什麼我要你繼續朝向你的目標。如果你必須等到戰爭結束再啓程，那麼就等；但如果你可以在那之前就出發，那就繼續去追尋你的夢。風會改變沙丘，可是沙漠永遠都不會變的，就像我倆的愛。

「Maktub，」她說：「如果我眞的是你的一部分，你總會回到我的身邊來。」那天男孩離開她之後十分憂傷。他想起他認得的那些已婚牧羊人，他們總是很難說服他們的妻子讓他們出遠門去。愛，讓他們只好停留在所愛的人身邊。第二天碰面時，他告訴法諦瑪這件事。

「沙漠把我們的男人帶離開我們，他們也不一定能回來，」她說：「我們都明白，而且也早就習慣了。不能回來的人變成雲的一部分，變成藏匿在峽谷的動物的一部分，變成水，從地底湧出來。他們變成萬物的一部分……。他們變成了天地之心。

「也有一些人回來。而丈夫沒有回來的女人也會很高興，因爲這讓她們相信，她們的男人總有一天也會回來。我總是望著這些女人，妒羨著她們的快樂。如今我也即將變成那些等待著的女人之一。

「我是一個沙漠的女人，我也以此爲榮。我希望我的男人四處漂蕩，自由如吹著沙丘的風。而如果有一天我必須，我也會很高興他變成沙漠中的雲和動物和水的一部分。」

男孩去探視英國人。他想對他說法諦瑪的事。可是他卻驚訝地看見英國人在他的帳篷外面蓋了一座熔爐。那是一座奇怪的熔爐，爐頂有一塊透明片，四周用柴薪加熱燃燒。當英國人抬頭看向沙漠時，他的眼神比從前在看書時明亮。

「這是第一階段，」他說：「我必須要把硫磺分解。爲了成功地做到這件事，我不能害怕失敗。以前我就是讓我的恐懼阻礙了我去追求元精。如今我已經開始去做我十年前就該做的事了。不過我還是很高興至少我沒等上二十年。」

他繼續加熱，男孩在那兒待到沙漠在夕陽下逐漸變成粉紅色。他有一種衝動想到沙漠去，去看看它的沉默裡是否蘊藏了他在追尋的答案。

他四處晃著，但視線一直沒離開棗椰樹。他傾聽著風聲，感覺腳下踩著的石頭。偶爾他會撿到一兩個貝殼，這讓他了解，這片沙漠曾經有一度是海洋。他坐在一塊石頭上，讓自己被地平線催眠。他試著去分辨愛是本能或是擁有，卻做不到。不過，法諦瑪是屬於沙漠的女人，因此，如果有什麼能幫助他了解法諦瑪的，那一定是沙漠了。

當他坐在那兒沉思，突然感覺到上頭有一陣顫動。抬頭看，是一對老鷹高高地飛在天空。他望著老鷹隨風飄飛，雖然牠們的飛行路徑看起來好像毫無規則，但男孩卻有些特別的感覺，只是他一時還抓不到那是什麼意思罷了。也許這些沙漠的鳥兒能夠教他一種不佔有的愛的意義。

他覺得有些睏倦。他很想保持清醒，卻就是昏昏欲睡。「我正在了解宇宙之語，整個天地萬物都是有意義的……甚至是那對老鷹的飛翔。」他對自己說。整個人沉浸在戀愛的喜悅當中。當你陷入戀愛中，對萬物的感受也會變得更加敏銳了，他想。

突然，一隻老鷹急猛地衝下天空，似乎正在攻擊著什麼。前一刻他還正看著老鷹下衝，接著他眼前跳出一幕景象：一個士兵，正握著劍，衝入綠洲。影像隨即迅速消失，但他已經深受震撼了。他曾聽人說過海市蜃樓，也曾親眼看過一些。海市蜃樓是人們在強烈的渴望下，將沙漠的沙幻化成了實物。

可是他當然不會去幻想一個士兵侵入綠洲。

他試著忘記這個景象，回到剛才的冥思。他努力把注意力專注在粉紅色的光影和石頭上，可是，在他心裡卻有個東西不讓他這麼做。

「永遠要去面對預兆。」那位老王曾這樣說。男孩回想起幻覺中的影像，繼而了解到，這是即將發生的景象。

他站起來，走回棗椰樹的方向。他再次知覺到周遭一切景物正在告訴他：沙漠很安全，可是綠洲陷入險境了。

那位駱駝伕坐在一棵棕櫚樹下，欣賞著日落。他看見男孩從沙丘的另一邊走回來。

「軍隊要來了，」男孩說：「我看見了幻象。」

「沙漠會讓人的心裡充滿了幻象。」駱駝伕回答。

可是男孩告訴他關於老鷹的事。他才剛看著牠們飛行，接著卻接收到宇宙之語的訊息。

那個駱駝伕理解男孩在說什麼。他明白地球表面上發生的任何事，都可以揭露出天地萬物的來龍去脈。我們可以翻開書本的任何一頁，或者看任何人的手；我們可以翻過一張牌，或者觀察老鷹的飛行……不管觀察什麼，我們都可以將自己的經驗和當下看見的聯結在一起。事實上，並不是所觀察到的那些事物本身能洩露出什麼，而是當人在觀察身邊一切時，本來就有能力洞悉天地之心。

沙漠中很多人都有洞悉天地之心的能力，因爲他們是用一種自在的態度過日子。有人稱他們預言家、先知，婦女老人怕他們，部落戰士也不敢去找他們商談。設想，如果大家事先知道了自己會死在戰場上，還有誰願意上戰場呢？大家寧可嘗試戰爭的滋味，寧可在不知道結果如何時去衝鋒陷陣；未來早就被阿拉一手注寫好了，而不管祂寫的是什麼，一定都是爲了人類好；部落戰士都只活在當下這一刻，因爲當下就已經有夠多意外的了，而且他們必須時時刻刻注意許多事：像是敵人的劍會從哪一個方向刺過來？他的馬在哪裡？下一招必須出什麼才能存活下來？駱駝伕自己並不是一個戰士，所以他會去問先知意見。有一些先知所說的常常是正確的，而另外一些卻錯了。曾經有一次，他所認識最老的預言家（也是最被敬畏的那位）問他，他爲什麼對於未來這麼好奇？

「呃……這樣我才好做事，」他回答：「而且我才能糾正那些我不想發生的事。」

「但這麼一來，它們就不會是你的未來了。」那預言家說。

「好吧，那也許我應該只要去知道會發生的事，好預作準備。」

「如果是一件好事，那麼它就會是個愉悅的驚奇，不是嗎？」預言家說：「而如果是個災禍，事先知道不就讓你提早受苦了嗎？」

「我希望能知道未來是因爲我畢竟是個人，」駱駝伕對預言家說：「而人總是活在對未來的展望裡。」

那位先知特別擅長於用樹枝占卜；他會把樹枝擲在地上，看它們掉落的樣子來詮釋

永遠要去面對預兆。

未來。但是那一天，他並未用樹枝幫駱駝伕占卜，他用一塊布把樹枝捆起，放回他的袋子裡。

「我是靠命卜維生的，」他說：「我很會觀察樹枝所顯示出來的事，而且我知道怎麼靠它來洞悉命定的一切。因之我能夠解讀出過去、發覺出早已被遺忘的事，也能明瞭當下顯示出來的預兆。

「當人們來問我的時候，我並不是去解讀出未來，而是用猜的。未來是屬於神的，只有祂才能揭露未來，而且通常是在某種特別的情境下才能揭露。而我是靠什麼去猜測未來？就靠著現在看見的預兆。所以，未來的祕密就是現在。如果你專注於現在，就必定能改善現在。而如果你能改善現在，未來一定會更好。忘記未來吧，只要依照神的教誨去過每一天，要相信神會眷顧祂的子民。每一天，都有著它自己的永恆。」

駱駝伕問，在什麼情況下神會讓人看見他的未來。

「只有當人自己去揭露它時。神極少如此做，而當祂這麼做時，往往是因爲一個理由：它注定要被改變。」

如今神對這個男孩揭露了未來的一部分，駱駝伕心想，爲什麼祂會選擇男孩來扮演祂的代言者呢？

「去跟長老們說這件事，」駱駝伕說：「告訴他們敵軍要來了！」

「他們會嘲笑我。」

「他們是沙漠的人，而沙漠的人很習慣面對預兆。」

「喔，那麼也許他們早就知道了。」

「他們現在還不會知道。他們相信如果他們必須知道某一件事，阿拉一定會透過某個人來告訴他們。這種情況以前發生過很多次，只不過這次那個人是你。」

男孩想起法諦瑪，他決定要去跟長老說這件事。

☆

男孩走近綠洲中央一座巨大的白色帳篷，對帳篷前的警衛說：

「我想見部落長老。我帶來了沙漠的預兆。」

警衛沒說什麼，就走進帳篷裡，在裡面待了好一會。當他出來時，旁邊跟著一位穿著白金兩色衣服的年輕阿拉伯人。男孩告訴那個年輕的阿拉伯人，他看見了什麼，然後那個阿拉伯人叫他在外頭等一下，就回去帳篷裡。

夜幕落下，一大群武士和商人進進出出帳篷內。隨後綠洲各處的帳篷燈熄滅，一盞接著一盞，而綠洲也漸次靜寂下來，如同沙漠一般。唯獨大帳篷的燈仍然通明。在這一大段時間裡，男孩一直想著法諦瑪，他仍然無法理解最後一次碰面時她說的話。

在經過了數個小時的等待，警衛出來傳喚男孩進入帳篷內。男孩被帳篷裡面的景觀嚇了一大跳。他從沒想到在一個沙漠裡竟然會有這樣一座帳篷。地面上鋪蓋著他所踩過的最美麗地毯；帳篷頂懸著飾金的燈，每一盞都點著蠟燭；那些部落長老圍成半圓形，端坐在帳篷深處絲質繡花椅墊裡。僕役們端著金盤子來來去去，盤上盛著香料和茶。還有些僕役們專門忙著添加水菸筒裡的炭火。整座帳篷內充斥著煙與香氣。

帳篷內有八位長老，不過男孩立刻就能判斷出哪一位最重要：就是穿著白金兩色衣服、坐在半圓中央的那位阿拉伯人。在他身邊正是男孩稍早交談的那位年輕的阿拉伯人。

「誰是那個來說預兆的陌生人？」一位長老問，他的眼睛直盯著男孩。

「我就是。」男孩回答。然後他又述說了一遍他所看見的景象。

「爲什麼沙漠會對一位陌生人揭露出這樣的預兆？它明明知道我們已經在這裡住了好幾代了。」另外一位長老說。

「因爲我的眼睛還未習慣沙漠。」男孩說：「我可以看出那些眼睛習於沙漠景象的人所未看見之事。」

而且因爲我知道天地之心，他默想著。

「綠洲是中立地帶。沒有人會來攻擊綠洲。」第三個長老說。

「我只能告訴你我看見了什麼，如果你不相信我，那就別去管它。」

那些長老開始討論起來，他們用一種阿拉伯方言交談，那是男孩聽不懂的腔調，不過當他打算離去時，警衛叫他等一下。男孩警戒起來，預兆告訴他事情不對勁了，他眞後悔告訴了駱駝伕關於他看見的景象。

忽然，中間那位長老微微笑著，這讓男孩覺得好過一些。這位長老並未加入討論，事實上，他還未對這件事發表意見。不過男孩已經可以從熟悉的宇宙之語中感覺出，一股平和的電波貫穿帳篷內。現在他的直覺告訴他來對了。

討論結束，其他所有的長老都安靜下來傾聽老人說的話。然後老人轉過頭來對男孩說話，這一次他的表情冷酷而淡漠。

「兩千年以前，在一個遙遠地方，有一個人因爲相信夢中啓示，就被丟進一座地牢裡，並且被賣身爲奴隸，」老人用著男孩能夠聽懂的腔調對他說：「我們的商人買下這個人，把他帶到埃及去。我們都知道任何相信夢中啓示的人，也必須能夠正確地解夢。」

老人繼續說：「當法老夢見七隻肥壯的母牛和七隻瘦弱的母牛時，我說的這個人幫法老解夢並拯救埃及免於饑荒[9]。這個人名叫約瑟，他就跟你一樣，也是一個陌生土地上的陌生人，說不定也跟你同樣年紀。」

他停頓了一下，而他的眼光仍然不怎麼友善。

「我們仍然奉行傳統。傳統在那時拯救埃及免於饑荒，變成最富庶的民族。傳統也教導人們如何才能橫越沙漠，以及小孩如何結婚。傳統說綠洲是一處中立的地區，因爲打戰的雙方都有自己的綠洲，因此彼此都不可以去侵犯。」

沒有人插嘴，老人繼續說道：

「不過傳統也告訴我們必須相信沙漠給與的訊息。我們知道的所有事情都是沙漠教我們的。」

老人打了手勢，所有人都站起來。會議結束了。水菸筒熄滅，警衛也留神站立著。

男孩正準備離開，老人卻再度說：

「明天我們會打破綠洲裡不許武裝的約定。一整天我們都會留神戒備敵人是否來臨。當日落以後，所有人必須再把武器交還給我。每殺十個敵軍，你就可以得到一塊金子。

「可是，軍隊武裝一定是要爲了戰爭，因爲武裝行動就跟沙漠一樣難以控制，如果這次他們沒派上用場，那麼下一次就很難叫他們動員起來。如果明天日落以前都沒有人上戰場，那麼至少就會有一個人把槍劍對著你。」

當男孩離開時，整座綠洲僅存滿月的月光照耀著。那裡離他住的帳篷僅只二十分鐘路程，他慢慢走回去。

他被剛發生的事情震懾住了。他已經成功地觸及了天地之心，然而他卻可能必須用生命作爲代價。這眞是個恐怖的賭注，話說回來，他也曾經下過一個風險很高的賭注，那就是當他把全部羊賣掉來追尋他的天命時。另外，駱駝伕也說過，明天死並不會比死在其他任何一天更糟。每一天都有人活著，或者離開這個世間。每件事都是Maktub。

他安靜地走著，並不覺得後悔。如果他明天會死，那也是因爲神不願意改變未來。至少在他死前，他已經橫越過一個洲大陸，曾經在一間水晶商店工作，也了解了沙漠的沉默，還有法諦瑪的眼睛。自從很久以前離開家鄉後，他已經充實地度過了每一天。即使明天就死去，他也已經見識過比其他牧羊人更多的事情了，他爲自己覺得驕傲。

突然他聽見一聲雷鳴，同時他被一陣強風吹倒在地，這是從未有過的事。整個地區被旋進風沙中，連月亮也看不見了。一匹巨大得不可思議的白馬奔馳來到他的面前，接著發出一聲驚駭的嘶鳴。

待塵沙稍稍落定後，男孩被他看見的景物嚇得發抖。一個全身穿著黑袍的人跨騎在白馬上，他的左肩上並棲息著一隻老鷹。他頭上包裹著阿拉伯式頭巾，臉上罩著大手帕，只露出眼睛。他以來自沙漠的使者姿態出現，但是他的樣子比起一個純粹的沙漠使者顯得更有力量。

陌生騎士從馬鞍旁的刀鞘裡拔出一把十分巨大的彎刀，刀鋒映著月光，熠熠生輝。

「是誰這麼大膽，敢去解讀老鷹飛翔的意義？」他問，聲音大得似乎能夠讓費奧姆的五萬株棗椰樹發出回聲。

「就是我。」男孩說，這人讓他聯想起騎在白馬上、把異教徒踩在腳底下的聖狄雅各·馬他摩洛斯。眼前這個男人看起來就跟馬他摩洛斯一模一樣，只不過對他而言，男孩才是個異教徒。

「就是我。」男孩重複一次，他低下頭，準備接受圓刀一砍，「因爲我能夠了解天地之心，許多人的生命得以拯救。」

圓刀並未砍下，相反地，陌生騎士把刀一點一點地降下直到刀鋒抵住男孩的額頭。刀鋒刺出了一滴血。

騎士一動也不動，男孩也是。男孩甚至沒想到要逃走。在他的心中，產生了一股奇怪的愉悅：他即將因爲追求天命以及法諦瑪而死。預兆究竟還是正確的。就在此時，他和他的敵人面對面，但死亡絲毫毋需恐懼，而天地之心正在等著他，他也即將成爲其中的一部分。到了明天，他的敵人也會成爲天地之心的一部分。陌生人繼續握住刀抵著男孩的額頭，「你爲什麼會解讀到老鷹的飛翔？」

「我只讀到了那些老鷹想告訴我的。牠們想要拯救這個綠洲，到了明天，你們全部的人都會死，這個綠洲的人遠比你們的人要多。」

圓刀仍抵在原處。「你是誰？膽敢來改變阿拉的旨意。」

「阿拉創造了軍隊，也創造出老鷹。阿拉教導我鳥的語言，每一件事都被注寫在一隻手上。」男孩說，他想起了駱駝伕告訴過他的話。

陌生騎士把刀從男孩的額前收回，男孩立刻鬆了一口氣。不過他還是不能逃走。

「你要小心你的預言，」那個陌生騎士說：「當一件事情已經被注寫下來之後，是沒有辦法改變的。」

沙漠會考驗所有的人，它考驗你的每一步，並且把分心的人毀掉。

「但我只是看見了一隊士兵，」男孩說：「並沒有看見戰爭的結果。」

陌生騎士好像滿意了他這個答案，不過他還是把刀握在手上。「爲什麼一個陌生人會來到這個陌生的地方？」

「我是跟隨我的天命而來，你不一定會了解的。」

陌生人把刀放回刀鞘裡。男孩終於放心了。

「我必須要測試你的勇氣，」那個陌生人說：「勇氣是了解宇宙之語最基本的特質。」

男孩很吃驚，這人正在講極少數人了解的事。

「你不可以驕傲自滿，儘管你已經走到了這裡，」他繼續說：「你必須愛這片沙漠，但不要完全信任它，因爲沙漠會考驗所有的人，它考驗著你的每一步，並且把那些分心的人毀掉。」

當他說著話時，男孩想起了那位老王。

「如果那些戰士眞的來了，而到了明天下午你的頭還在，就來找我。」陌生人說。

那隻曾揮舞著圓刀威脅他的手，如今已然握著一條鞭子。馬再度立著後腿，揚起一團塵沙。

當那騎士騎遠時，男孩大叫：「你住在哪裡？」

握著鞭子的手指向南方。

男孩遇見了煉金術士。

☆

隔天早上，兩千個武裝戰士散開躲在費奧姆外的棕櫚樹下。在太陽快升到頂空以前，五百個戰士出現在地平線上。他們從北方騎馬直奔綠洲，樣子看起來好像在做一項和平的行軍，可是他們的袍子底下卻藏著武器。當他們到達費奧姆綠洲中央的白色大帳篷前時，他們便抽出了彎刀和手槍，結果他們衝進了一座空的帳篷。

綠洲的人從沙漠外反包圍住這些騎兵，並且在一個半小時之間，殺死全部的騎兵。所有的小孩全被藏到綠洲外的一座樹林裡，因此他們什麼也沒看見。婦女們則全躲在自己的帳篷內，爲她們的丈夫祈禱，自然，她們也沒看見什麼。如果不是那些躺在地面上的屍體，這一天完全就像綠洲裡平常的日子一樣。

唯一被生擒的敵軍，是他們的指揮官。那天下午，他被抓到長老們面前，長老審問他，爲什麼竟敢破壞傳統。那位指揮官說，因爲好幾天來的戰爭，他們的人已經又餓又渴，而且疲累不堪，所以他們才決定來占據這處綠洲。以便休息後再回到戰場上。

部落長老說，他爲這些戰士們覺得難過，可是傳統無比神聖，不容任何人破壞，所以他判處這個指揮官不榮譽的死刑。他不是死在一顆子彈或者刀下，而是被吊死在一株棗椰樹下，任由沙漠的風將他的屍體風乾。

部落長老傳喚男孩，贈給他五十塊金塊。他又複述一遍約瑟在埃及的故事，並聘請男孩擔任這個綠洲的參事。

☆

日落時分，天際第一顆星星升起，男孩走向沙漠的南方。最後他看見了一座帳篷。許多阿拉伯人經過，告訴男孩這裡住著一位妖魔。不過男孩還是在帳篷前面坐下，等待著。

當月亮爬上天頂時，煉金術士終於騎馬出現了。他的肩膀上扛著兩隻死掉的老鷹。

「我來了。」男孩說。

「你不應該來到這裡的，」煉金術士說：「或者是你的天命帶你到這裡來？」

「由於部落的戰爭讓我沒辦法繼續橫越沙漠，所以我就來到了這裡。」

煉金術士跨下馬，用手勢比著叫男孩隨他進入帳篷。這座帳篷就跟綠洲其他多數的帳篷差不多。男孩環顧四周，找尋著爐子和其他煉金術會用到的設備，卻找不到半樣。帳篷裡只有一排書，一套煮飯的小爐子，和一張編飾著神祕圖案的地毯。

「坐下，我們可以喝點東西、吃老鷹肉。」煉金術士說。

男孩懷疑這兩隻老鷹就是昨天他看見的那兩隻，不過他沒說什麼。煉金術士點燃爐火，沒多久一陣香味充滿整座帳篷。這味道比起水菸筒的味道好多了。

「你爲什麼要見我？」男孩問。

「風告訴我你會來，而且你需要幫助。」

「風說的不是我。那是另

外一位外國人，那個英國人。他才是那個在找你的人。」

「他得先做其他的事，不過他已經走在正確的軌道上了。他已經開始去了解沙漠了。」

「那我呢？」

「當一個人眞心渴望某樣東西時，整個宇宙都會聯合起來幫助他完成夢想。」煉金術士說：複誦著那位老王的話。男孩懂了。另外一個人出現來幫助他通向他的天命。

「所以你將會來教導我？」

「不，你早就知道了所有你該知道的事。我只不過是來指點你該往哪個方向去找你的寶藏。」

「可是此刻沙漠正在戰爭。」男孩說。

「我知道沙漠裡發生的事。」

「我已經找到了我的寶藏。我有一隻駱駝，有從水晶商店裡賺來的錢，現在還有五十塊金子。在我的國家裡，我已經是個富翁了。」

「可是這些沒有一樣是從金字塔來的。」煉金術士說。

「我還有法諦瑪，她比任何一樣東西都要珍貴。」

「她也不是在金字塔裡發現的。」

兩人沉默下來。煉金術士打開一個瓶子，在男孩的杯子裡倒了些紅色的液體。那是男孩喝過最美味的飲料。

「這裡不是禁止喝酒嗎？」男孩問。

「魔鬼不是喝進人們嘴巴裡的東西，」煉金術士說：「而是從人們嘴巴裡說出來的東西。」

這個煉金術士還眞是會嚇人，不過男孩邊喝著酒，心情也放鬆不少。吃完飯以後，他們一起坐在帳篷外頭，月光十分明亮，星光相對顯得黯淡了。

「再喝點，享受一下。」煉金術士說，他注意到男孩比較快樂一些了。「今晚好好休息，好像你是個士兵，正在準備下一場戰鬥。記住，你的心在哪裡，你的寶藏就藏在那裡。你必須去找到寶藏，那麼你這一路上學會的事情才有意義。明天就去賣掉你的駱駝，買一匹馬。駱駝是不能信任的傢伙，牠們可以一直走，走了好幾千步都好像不會累似的，可是突然間牠們就垮下來，死了。而馬每過一段路就會累，所以你永遠知道該要求牠們走多遠，也會知道什麼時候牠們會死。」

☆

隔天晚上，男孩牽著一匹馬，出現在煉金術士的帳篷前。煉金術士也準備好了，他騎上自己的坐騎，把獵鷹放在左肩上。他對男孩說：「你告訴我，在沙漠的哪裡可以找得到生物。只有那些能看出生物跡象的人，才有能力發現寶藏。」

他們出發騎到沙漠裡，月光照耀著路。我不知道自己有沒有能力發現沙漠中的生物，男孩想。我對沙漠還不是那麼了解。

他很想這麼對煉金術士說，不過他很怕這個人。他們騎到了男孩發現那兩隻老鷹的岩石地帶，如今天空裡只有風正吹拂著一片沉默。

「我不知道怎樣能夠在沙漠裡找到生物。」男孩說：「我知道沙漠裡有生物，可是我不知道該去哪裡找到它們。」

「生物永遠都吸引著生物。」煉金術士說。

男孩明白他的意思了。他放鬆掉他的馬身上的韁繩，馬就向前飛奔越過岩石與沙地。煉金術士策馬跟著，一直走了大約半個小時。他們不再看見棕櫚樹了——只有頭頂上的巨大月亮，正灑下銀白色的光芒，籠罩著沙地。突然，男孩胯下的馬毫無理由地慢下來。

「這裡有生物。」男孩對煉金術士說。「我不知道沙漠的語言，可是我的馬懂得生物的語言。」

他們躍下馬，煉金術士沒說半句話。他們在岩石間緩慢地前進，仔細搜尋。煉金術士忽然停下腳步，彎腰探向地面。在岩石當中有一個穴洞，煉金術士伸手探入穴洞裡，接著他整隻手和肩膀都沒入洞穴裡。有個東西在裡面動著，而那個煉金術士的眼睛——男孩只能看見他的眼睛——因爲用力而瞇起。他的手顯然正在和洞穴裡的東西搏鬥。男孩被他接下來的動作嚇了一大跳，煉金術士抽出手，跳起來。在他的手上正抓著一條蛇的尾巴。

男孩也跳起來，只不過是跳離開煉金術士。那條蛇正激烈地搏鬥著，牠發出的嘶嘶聲，粉碎了沙漠的寂靜。那是一條響尾蛇，牠的毒牙可以在片刻間咬死人。

「注意牠的毒牙！」男孩說，可是煉金術士之前才把手伸進洞穴裡，想必早就被咬了。即使眞是這樣，煉金術士的表情也依然一片平靜。「那位煉金術士已經兩百多歲了。」英國人曾這麼告訴他。所以他一定知道怎麼對付沙漠裡的毒蛇。

男孩注視他的同伴回到馬身邊，拿出一把彎刀。他用刀刃在沙地上畫一個圈，然後把蛇擺進圈子裡。那條蛇立即鬆弛下來。

「別擔心，」煉金術士說：「牠不會脫離開這個圈子的。你在沙漠中發現生物了，這就是我所要的預兆。」

「爲什麼這個這麼重要？」

「因爲金字塔的四周都是沙漠。」

男孩不想聽到金字塔。他的心很沉重，並且自前一晚起就非常憂鬱。繼續追尋他的寶藏，就意味著他必須放棄法諦瑪。

「我會帶你越過沙漠。」煉金術士說。

「我想留在這個綠洲。」男孩回答。「我已經找到了法諦瑪，而且就我現在所關心的，她比任何寶藏都有價值。」

「法諦瑪是一個沙漠的女人，」煉金術士說：「她知道男人必須出去，以便能回來。而且她已經有了屬於她的寶藏：那就是你。如今她希望你能夠去找到你一直在追尋的東西。」

「好吧，如果我決定留下來又會怎麼樣？」

「我告訴你會怎麼樣。你會是綠洲裡的參事，你有錢買夠多的羊和駱駝，你會和法蒂瑪結婚，第一年你們兩人將會很快樂。你會學著去愛沙漠，你會對五萬株棕櫚樹中的每一株都很熟悉，你會看著它們成長，如同世界一直在變遷一般。你會越來越了解預兆，因爲沙漠是最好的老師。

「到了第二年，你會偶爾想起你的寶藏，預兆會不斷地對你說，而你會試著忽略它們。你會運用你的知識造福這個綠洲和綠洲的居民，部落的長老也會感激你所做的。而你的駱駝也會爲你帶來財富和權利。

「到了第三年，預兆會繼續對你訴說著你的寶藏和你的天命，你會在綠洲四處晃蕩，夜復一夜，而法蒂瑪將會不快樂，因爲她會覺得是她絆住了你的追尋。但是你愛她，而她也會回報你的愛。你會想起來，她並未要求你留下，因爲一個沙漠女人知道她必須等待她的男人。所以你不會去責怪她。可是很多時候當你走在沙地上的時候，想著也許你那時候應該離開……也許你應該更信任你對法蒂瑪的愛。因爲，眞正阻礙你、讓你留在綠洲的，是你的恐懼，你害怕一旦離開就不會再回來了。到那時候，預兆會告訴你，你的寶藏已經被永遠埋起來了。

「然後，在第四年裡，預兆有時會背棄你，因爲你已經停止去傾聽了。部落長老們將會注意到這一點，而你就會被辭退參事的職位。不過，那時候你仍然是一位有錢人，有很多牲口，還有很多事業。在你剩餘的歲月裡，你都會知道你沒有去追尋你的天命，而一切都已經太晚了。

「你必須知道，愛並不會阻礙一個人去追尋他的天命，如果他放棄追尋，那是因爲它不是眞愛……不是訴說著宇宙之語的那種愛。」

煉金術士抹掉沙地上的圈子，那條蛇迅速地蠕動消失在一個岩石中。男孩想起那個一直想去麥加的水晶商人，還有那個一直在尋找煉金術士的英國人。他想著那位信賴沙漠的女人，而眼前的這片沙漠也將他帶到摯愛的女人身邊。

他們騎上馬朝向綠洲，這一次輪到男孩騎在煉金術士後面。風吹來了綠洲的聲音，男孩試圖想去聽法諦瑪的聲音。

但那一晚，當他注視圈子裡的響尾蛇時，身邊那位左肩站著獵鷹的奇怪騎士卻告訴他，愛和寶藏，沙漠的女人和他的天命。

「我會跟你去。」男孩說，一說完，立即覺得內心平靜下來。

「明天早上天亮前，我們就出發。」這是煉金術士唯一的回應。

☆

男孩整夜沒睡。在天亮之前，他把同帳篷的其中一個男孩搖醒，問他法諦瑪住在哪裡。他們一起去她住的帳篷，男孩以足夠買一隻羊的金子酬謝他的朋友。然後他叫他的朋友進去法諦瑪睡覺的帳篷，叫醒她，告訴她男孩正在外面等。那位年輕的阿拉伯人照他的意思去做，於是又得到足夠買另外一隻羊的金子。

「現在讓我們單獨相處。」男孩對那個年輕的阿拉伯人說。那位年輕的阿拉伯人就回去他自己的帳篷睡覺，他爲自己能夠幫助綠洲的參事覺得驕傲，而且也因爲得到不少金子覺得很快樂，這些金子可以讓他買一些羊了。

法諦瑪出現在帳篷的門口。兩個人漫步走在棕櫚樹間。男孩知道這是違反傳統的行爲，不過他現在已顧不了這許多。

「我現在就要走了。」他說：「而我要妳知道，我會回來，我愛妳因爲……」

你流淚的地方，那就是我所在的地方，也正是你的寶藏被埋藏的地方。

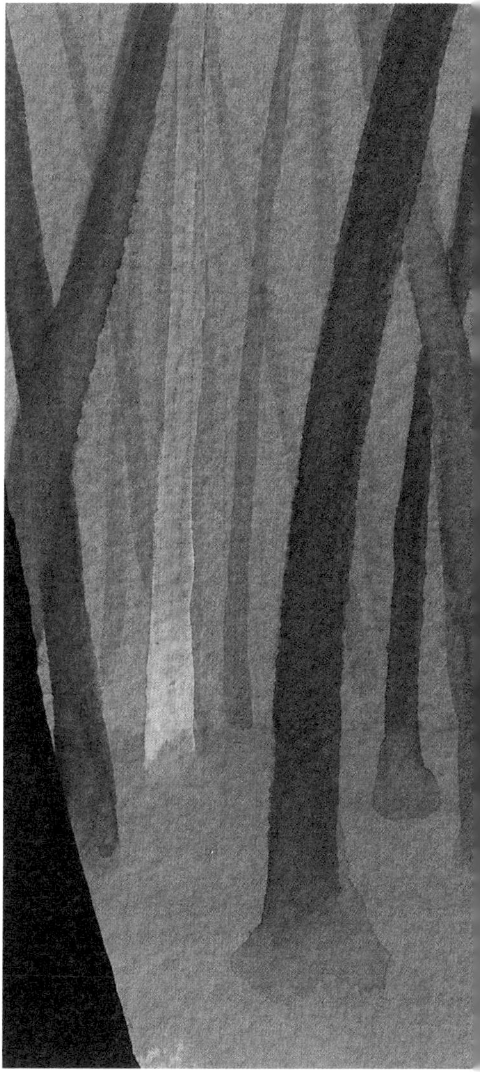

「不必說什麼，」法諦瑪打斷他，「被愛就是因爲被愛。愛是不需要任何理由的。」

可是男孩仍然繼續說：「我作了一個夢，而後我遇見了一位國王。我曾經賣過水晶，然後橫越沙漠。又因爲部落發動戰爭，所以我才會去泉水邊，尋找煉金術士。所以，我愛妳，因爲整個宇宙都一起幫助我找到妳。」

兩個人擁抱在一起，這是他們第一次觸摸對方。

「我會回來。」男孩說

「在這之前，我會一直渴望地注視著沙漠。」法諦瑪說：「從今以後，我將懷抱希望地凝望著沙漠。從前我父親也曾離開過，可是他回到我母親的身邊，而且在那之後，不管去多遠，他最後終是會回來的。」

他們沒再說別的，只是沿著棕櫚樹漫步，最後男孩送她回到她的帳篷前。

「我會回來的，就像妳的父親回到妳母親身邊一樣。」他說。

他看見法諦瑪的眼中充滿著淚水。

「妳哭了？」

「我是一個沙漠的女人。」她說，掉轉開臉，「可是我畢竟還是個女人。」

法諦瑪轉身進去她的帳篷裡，而當天亮以後，她像平日一般做著禮拜，可是對她來說，一切都不一樣了。男孩已經不在綠洲裡了，這個綠洲對她的意義，已經和昨天不一樣了。它已經不再僅僅是一處有著五萬株棕櫚樹和三百個泉水的地方，不再是那個長長旅程休息站的地方。從男孩離開的那一刻起，對她而言，綠洲已經變成一處空洞的地方了。

從那一刻起，沙漠對她更爲重要，她將會每天望著它，想像著男孩正遵循著哪一顆星的方向前進，去找尋他的寶藏。她將會在風中獻上她的吻，希望這風將會吹拂著男孩的臉頰，告訴男孩她仍活得好好的。希望風兒將會告訴男孩，她正在等他，等一位勇敢

不要去想遺留在你背後的一切。

去追尋寶藏的男人。從那一天起，沙漠對她的意義將只有一個：希望他會回來。

☆

「不要去想著遺留在你背後的一切。」當他們上馬要騎越過沙漠時，煉金術士對男孩說：「一切都已經被注寫在天地之心裡了，而且它將會永遠在那裡。」

「人們總是比較夢想回家，勝過於離開家。」男孩說，他已經再度習慣沙漠的靜寂。

「如果你所找到的是最最根本重要的東西，那麼這樣東西是不會被浪費掉的，而且你永遠都可以回來；如果你所發現的只是暫時的光芒，就像彗星一樣，那麼在你回來的時候，它就不會存在了。」

他正在談論著煉金術，不過男孩知道他是在比喻法諦瑪。

可是男孩實在很難不去想留在他背後的一切。單調而似乎永無止境的沙漠促使他夢想著。他彷彿看見了那些棕櫚樹、那些泉水，還有他所愛著的女人的臉。他可以看見英國人正在煉金，還有那個駱駝伕，他曾經教導了男孩不少事，雖然他自己並不知道。也許煉金術士從來不曾戀愛過吧，男孩心想。

煉金術士騎在男孩前頭，獵鷹正站在他的左肩上。那隻獵鷹熟知沙漠的語言，每一次他們停下來的時候，牠都會飛離開，自己去捕獵。第一天牠抓回來一隻兔子，第二天則是兩隻鳥。

晚上他們就鋪開寢具睡覺，並且注意不讓營火洩光。沙漠的夜晚十分寒冷，而且隨著月形的漸缺，夜色也越來越黯淡。他們繼續行進了一個星期，期間很少交談，只在必要時才出聲警戒彼此避開部落戰爭。戰爭仍然繼續著，偶爾，風中也會傳來甜甜的血腥味。戰鬥就在附近，而風就像是預兆的語言，總是能指出男孩眼睛觀察不到的事。

「你已經快要到達旅程的終點了，」煉金術士說：「我要恭喜你能來追尋你的天命。」

「可是這一路上你什麼也沒告訴我。」男孩說：「我還以爲你會告訴我一些你知道的事呢。前不久，我和一個身帶煉金書籍的人一起旅行過沙漠，可是我卻無法從那些書裡學到什麼。」

「只有一個方式可以學會煉金術，」煉金術士說：「就是通過行動。所有你需要知道的事，你都已經從旅程當中學會了。你只需再多學一件事。」

風就像是預兆的語言，總是能指出肉眼觀察不到的事。

男孩想知道那是什麼，可是煉金術士卻轉頭望著地平線，搜尋著獵鷹的蹤影。

「爲什麼他們叫你煉金術士？」

「因爲我就是煉金術士。」

「其他的煉金術士也想提煉出金子來，在什麼情況下他們會失敗？」

「當他們只想著要提煉出金子來的時候，」他的同伴回答：「當他們只想追求他們天命所帶來的寶藏，而不是想去完成天命時。」

「到底我還需要再學會什麼？」男孩問。

可是煉金術士卻再度望著地平線。最後獵鷹終於帶回來他們的食物。他們在地上挖了個洞，生起火來，這樣可以避免火光被看見。

「我是一個煉金術士，只是很單純的因爲我就是個煉金術士。」當他們在準備晚餐的時候，煉金術士說：「我是從我祖父那兒學會煉金術的，而他又是從他的父親那裡學會的，以此類推，追溯至世界創造的最初。在那個時候，元精可以被很單純地注記在翡翠石板上，可是漸漸地，人們不再接受簡單的東西，轉而開始寫書、詮釋，並且做哲學研究。他們也開始覺得自己的方法比別人的要好。但是，翡翠石板至今仍然存在。」

「翡翠石板上到底寫了些什麼？」男孩很想知道。

煉金術士在沙地上畫了起來，他只花了五分鐘就畫完了。當他在繪畫時，男孩想起了那位老王，還有他們相遇時的那個廣場。感覺上那件事是發生在許多年以前似的。

「這就是寫在翡翠石板上的東西。」煉金術士畫完了以後說。

男孩努力地解讀著沙地上畫著的東西。

「這是個密碼，」男孩說，有一點失望，「看起來很像我在英國人書上看到的。」

「不，」煉金術士說：「它就像那兩隻老鷹的飛翔，不能只用思考去理解。翡翠石板就是通往天地之心的捷徑。

「智者明瞭這個自然世界不過是個幻象，不過是天堂的一個模擬罷了。這個世界的存在不過是要向人們保證，極樂世界眞的存在。神創造出這個世界，並透過可以視覺的萬物，讓人們能夠理解祂的啓示和眞妙的智慧。這就是我所說的必須通過行動來學會。」

「我必須了解這個翡翠石板嗎？」男孩問。

「也許，如果你是在煉金房裡的話，現在正是最佳時刻去學習了解翡翠石板的最好方法。可是你現在人在沙漠裡，所以就把自己融入沙漠中吧，沙漠會教你了解世界，事實上，地球表面的所有事物都可以做到這一點。你甚至不必去了解沙漠。你只需要去凝視一顆沙子，就能夠從中看見整個不可思議的世界。」

「我要怎麼做才能夠把自己融入沙漠中？」

「傾聽你的心。它了解所有的事，因爲它源自天地之心，而且它總有一天將會回歸天地之心。」

☆

他們繼續在沙漠裡沉默走了兩天。煉金術士的行動變得更加謹愼，因爲他們已經來到了部落戰爭打得最激烈的地區。當他們行進時，男孩試著去傾聽他的心。

那並不容易做到。初期，他的心總是試圖要告訴他它的故事，可是後來又說那些故事不是眞的。接著有一段時間，他的心一直在告訴他它有多悲傷，然後在夕陽時分它又突然變得十分激動，男孩不得不隱藏起他的淚水。當它述說著寶藏的時候，他的心跳得飛快；可是當男孩凝望著沙漠地平線的時候，他的心又變得弛緩下來。不過，他的心從不曾靜止，即使當男孩和煉金術士都陷入沉默的時候。

「爲什麼我們必須傾聽我們的心？」那一天當他們正在紮營的時候，男孩問。

「因爲，你的心在哪裡，你的寶藏也在那裡。」

「可是我的心好亂，」男孩說：「它有它自己的夢想，它也很情緒化，尤其當它想到某個沙漠女人時，就會變得非常激動。」

「嗯，很好，你的心是活生生的。繼續去聽它在告訴你什麼。」

在往後的三天裡，這兩位旅客經過許多武裝的部落戰士，而從地平線上還可以看到其他更多的戰士。男孩的心開始對他述說著恐懼。它告訴他許多曾在天地之心那裡聽來的故事，說很多人都去追尋寶藏，最後卻沒有成功。有時候它會告訴男孩不要再去找寶藏了，警告男孩說也許他會死在沙漠裡，這些念頭嚇住了男孩。還有些時刻，它會告訴男孩它很滿足，它已經找到了愛和財富。

「我的心眞是不可靠，」當他們停下來讓馬休息時，男孩告訴煉金術士：「它告訴我不要再繼續走下去了。」

「這是可以想見的，」煉金術士回答說：「事實上它很害怕在追求夢想的時候，你也許會失去所有你已經贏得的東西。」

「噢，那我爲什麼還要去聽我的心在說什麼？」

「因爲你永遠都無法教它安靜下來，即使你假裝沒聽見它在說什麼，它還是會存在

一個人往往渴死在棕櫚樹已經出現在地平線上時。

於你的靈魂當中，不斷地述說你對生活和世界的看法。」

「你的意思是說，就算它再不可靠，我還是都得聽它在說什麼？」

「不可靠是由於你的措手不及。若你夠了解你的心，就不會發生這樣的事。只要你了解它的夢想和希望，就會知道該怎麼處理它們。

「你絕不可能逃離開自己的心，所以你最好還是聽聽它在說什麼，這樣你就不必害怕會遭遇措手不及的狀況。」

當他們再度上路以後，男孩繼續傾聽著心的話語。他開始了解它的怯懦和狡猾，並且接受它就是這樣。他不再害怕，也忘記了他需要回去綠洲，因爲有一天下午，心告訴他，它很快樂。「即使我有時會抱怨，」心對他說：「那也是因爲我就是某個人的心嘛，而人的心就是這樣。人總是害怕去追求自己最重要的夢想，因爲他們覺得自己不配擁有，或是覺得自己沒有能力完成。因此作爲人類的心的我們，只要一想到要去愛一個永遠離開的人，或者一想到那些不再美好的時刻，更或者是那些本來應該找到卻永遠被埋在沙地下的寶藏，我們就會覺得害怕。因爲只要一發生這些情況，我們就會深深受創。」

「我的心很害怕它會受傷。」男孩對煉金術士說，那是在某個晚上，當他們兩人坐在沙地裡，遙望著無月的天空時。

「告訴你的心，害怕比起傷害本身更糟。而且沒有一顆心會因爲追求夢想而受傷，因爲追尋過程中的每一片刻，都是和神與永恆的邂逅。」

「追尋過程中的每一個片刻，都是和神與永恆的邂逅。」男孩對他的心說。「當我眞心在追尋著我的夢想時，每一天都是繽紛的，因爲我知道每一個小時都是在實現夢想的一部分。當我眞實地在追尋著夢想時，一路上我都會發現從未想像過的東西，如果當初我沒有勇氣去嘗試看來幾乎不可能的事，如今我就還只是個牧羊人而已。」

他的心因之安靜了一整個下午。那天晚上，它說所有心中有神的人都很喜樂。快樂可以僅僅來自一顆沙漠的小沙子，就像煉金術士說的。因爲一粒沙便是創造的契機，而整個宇宙花了幾千萬年才創造出它。「世界上的每一個人都有一個寶藏正在等待著他。」心對他說：「作爲人心的我們，很少會去說這些寶藏，因爲現在的人很少想要去尋找他們的寶藏。我們只會對孩子們說，然後我們就讓生活自己去過，順著它自己的方向，走向它自己的命運。可是很不幸地，只有極少數的人會按照該走的路——快樂而且通向天命的路去走。大部分的人都認爲這條路充滿危險，因爲他們這麼認爲，所以世界果眞就變得充滿危險了。

「所以，作爲心的我們，就越來越輕聲細語了。我們還是不斷地說，可是我們卻開始希望自己的聲音不會被人們聽見：我們並不希望人類因爲不聽從心而痛苦。」

「爲什麼人們的心不再繼續鼓勵人們去追求夢想呢？」男孩問煉金術士。

「因爲那會讓心受更多的苦，而心不喜歡受苦。」

從那時起，男孩開始了解他的心。他請求他的心千萬不要不對他說話。他請求它在他偏離夢想的時候，一定要勸告他、要發出警告。男孩發誓，每一次當他聽見警告的時候，一定會留意它給的訊息。

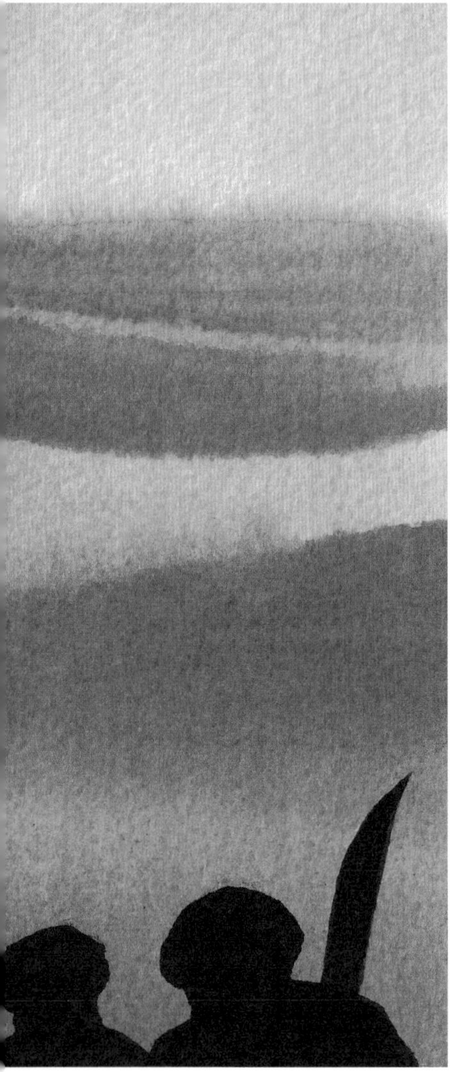

追尋夢想之時，人的心總是不斷訴說著恐懼，害怕會受傷。

那天晚上，男孩把這一切全告訴煉金術士。煉金術士知道男孩的心已經回歸天地之心了。

「所以現在我該做什麼？」男孩問。

「繼續往金字塔的方向前進。」煉金術士說：「並且繼續注意預兆。你的心仍然可以告訴你，你的寶藏在哪裡。」

「這是不是我還需要學會的那一件事？」

「不是，」煉金術士回答：「你還需要學會的是：在我們實現我們的夢以前，天地之心會不斷考驗你這一路上學會的事。它之所以這麼做不是因爲它很邪惡，而是因爲這一來我們才能熟練已經學會的事，這是爲我們實現夢想作準備。通常這個階段也是人們最容易放棄的時刻。這個階段，套用沙漠人常說的一句話，『一個人往往渴死在棕櫚樹已經出現在地平線上時。』

「每一次的追尋在一開始都會有好運道。而最後能成功微笑的人，一定是通過了最嚴厲的考驗。」

男孩想起家鄉的一句老諺語。那是說，最深最暗的黑夜總是黎明來臨的前一刻。

☆

隔天，第一次的危險預兆出現了。三位配戴武器的部族戰士追過來，問男孩和煉金術士在這裡做什麼。

「我正和我的獵鷹在狩獵。」煉金術士回答。

「我們要搜查看看你們是不是帶有武器。」其中一個戰士說。

煉金術士慢慢地跨下馬，男孩也跟著這麼做。

「你爲什麼會攜帶這麼多錢？」那個戰士搜查了男孩的袋子後就盤問他。

「因爲我需要有錢才能去金字塔。」男孩回答。

戰士接著搜查煉金術士，發現他的身上有一小塊水晶片，上面附著一滴液體，還有一顆黃色的玻璃蛋，大小約比雞蛋稍稍大一些。

「這又是什麼？」

「這是哲人石和長生露。也就是煉金術士的元精。任何人只要吞下了長生露就可以永遠健康，而那塊石頭的一小片就可以把任何金屬都轉化成黃金。」

那些阿拉伯人大聲嘲笑著煉金術士，而煉金術士也跟著笑了起來。他們覺得他的回答很有趣，後來就讓男孩和煉金術士帶著他們全部的東西離開。

「你瘋了嗎？」當他們走遠了一些以後，男孩就問煉金術士：「你爲什麼這麼做？」

「爲了教你生活中一項簡單的道理。」煉金術士回答說：「當你身上帶著珍貴的財產時，如果你試著要告訴別人這件事，往往別人都不會相信你。」

他們繼續越過沙漠。隨著每一天過去，男孩的心越來越沉默。它不再想要了解事情的過去或未來；它只想冥思著沙漠，和男孩一起啜飲著天地之心所給與的。現在男孩和他的心已然成爲好朋友，彼此不再背棄對方了。

當他的心對他說話時，只會激勵他、給與他力量，因爲在沙漠中的沉靜日子多多少少會令人厭倦。心告訴男孩他最強的特質在於：他有勇氣放棄他的羊群來實現他的天命，還有他在水晶商店工作時的熱忱。

心還告訴男孩一些他從來沒注意到的事：它告訴男孩他曾經多麼接近危險卻不曾意識到。心告訴他，有一次男孩從他父親那裡偷拿了一把來福槍，心覺得太危險了，男孩說不定會傷害到自己，於是就偷偷把槍藏起來。心還告訴男孩，有一天，他突然生病倒在田野上嘔吐，然後他就昏睡了好長好長的一段時間。那時候，有兩個小偷正埋伏在前不遠的地方，正打算等男孩經過時要殺了他，好搶走男孩的羊。可是男孩一直沒出現，他們就猜想男孩大概臨時改道，於是只得放棄走了。

「人的心是不是都會幫助他？」男孩問煉金術士。

「多半是只有那些想完成夢想的人的心才會這麼做。不過心也確實會幫助小孩、醉漢，和老人。」

「這是不是意味著說我永遠都不會發生危險？」

「這意味著心會盡力去做它所能做的。」煉金術士說。

有一天下午，他們經過一個部族紮營的地方。營地四周歇息著許多身穿美麗白色長袍的阿拉伯人，他們個個都武裝戒備著。那些人正抽著水菸筒，輪流說著戰場上的故事。沒人注意到這兩個旅行者。

「好像沒什麼危險。」男孩說，他們正通過營區。

煉金術士似乎非常生氣地說：「信任你的心，可是別忘了你正在沙漠裡。當有人正在打戰時，天地之心就會聽見從戰場上傳來的尖喊。沒有人躲得過太陽下發生的種種後果。」

萬物都爲一，男孩心想。然後，就像沙漠有意向他展示煉金術士說的沒錯，兩個騎兵從他們的背後衝上來。

「停止前進！」其中一個騎兵說：「你們正來到部落戰爭的地域。」

「我並沒有打算走太遠。」煉金術士回答，直視著騎兵的眼睛。他們沉默了好一會，然後答應男孩和煉金術士可以再繼續前進。

男孩神迷地觀察剛剛的眼波交會。

「你剛才用眼睛控制了那兩位戰士的心智。」他說。

「你的眼睛可以表現出心靈的力量。」煉金術士回答。

那倒是眞的，男孩想。他注意到了，在營隊前面的那一群武裝族人當中，有一個人一直在密切注意跟他們說話的那兩個戰士，雖然隔得太遠了，看不清楚那人的臉孔，但是男孩卻可以很肯定他的眼睛正在注視著他們。

當他們終於越過一整座高山的山脊後，煉金術士說，現在他們距離金字塔只有兩天的路程。

「這是不是表示我們就快要分手了？」男孩說：「如果是，那麼是否可以教我煉金術？」

「你早就會煉金術了。那就是一種洞悉天地之心的方法，透過它你去發現爲你準備好的寶藏。」

「不，我不是說這個。我是說怎麼將錫轉變成金的方法。」

煉金術士沉默著，如同沙漠一般。他一直到他們停下來吃飯的時候，才回答他。

「宇宙萬物都是可以提煉的，」他說：「但是對於智者而言，金子是最可以被提煉的金屬。不要問我為什麼，我也不知道為什麼。我只知道傳統總是對的。人類從來不曾了解過智者眞正的意思，於是，金子沒被當作提煉的象徵，反而變成人類衝突的根本。」

「萬物說的語言，」男孩說：「對我來說，駱駝的嘶鳴曾經只是單純的嘶鳴而已，然後它變成危險的象徵，最後它又變回嘶鳴。」

他停頓下來，也許這一切煉金術士早就知道了。

「我認得一些眞正的煉金術士，」煉金術士說：「他們把自己關在煉金房裡，極盡可能地提煉金子。他們也發現了哲人石，因為他們知道，當你提煉一樣東西的時候，它周圍的每樣東西，也會跟著被昇華出來。

「另外一些人則是恰巧擁有哲人石。他們老早就擁有這項禮物了，他們的心靈也比多數人都要來得更能接受這樣的事。但是他們不算，這種人很少見。

「還有其他多數人，他們感興趣的只是金子，他們從來沒發現它的眞諦，他們也不希望知道錫啊、銅鐵都有它們的天命必須完成。可是任何人只要是阻礙了別人或其他事物的天命，也就無法發現自己的天命。」

煉金術士的話，在沙漠中回響著，好像一句詛咒。他傾過身來，撿起沙地上一枚貝殼。

「沙漠曾經是海。」他說。

「我注意到了。」男孩回答。

煉金術士要男孩把貝殼放在他的耳際聽。男孩在年幼時候也曾經這麼做過無數遍，而且也從貝殼裡聽過海的聲音。

「海就活在這個貝殼裡，這是貝殼的天命。貝殼會不斷地重複著海的聲音，直到有一天，沙漠又被大海所覆蓋爲止。」

他們躍上馬，向著埃及金字塔的方向騎去。

☆

日落的時候，男孩的心忽然響起一聲警告。他們正來到四周都是沙丘的地方，男孩抬頭望向煉金術士，想看看他有沒有感覺到什麼。可是煉金術士看起來似乎並沒有發現任何不對勁的地方。五分鐘以後，男孩看見兩個騎兵正在前頭不遠的地方等著他們。在男孩能夠對煉金術士說什麼以前，騎兵從兩個變成十個，然後變成一百個。現在騎兵已經布滿沙丘的四周。

這些部族戰士穿著藍色衣服，頭巾上還套著黑色的環。他們的臉孔用藍色布巾蓋住，只露出眼睛。

即使相當遠的距離外，仍能看見他們的眼睛傳遞著心靈的力量。此刻他們的眼睛正訴說著，死亡。

☆

男孩和煉金術士兩人被抓到附近的一座軍營去。一個士兵推擠著男孩和煉金術士進入一座軍帳內。帳篷內該部落的首領正和他的幕僚舉行會議。

「有奸細。」其中一個人說。

「我們只是旅人而已。」煉金術士回答。

「三天前我們看見你們在敵軍的軍營裡，而且還跟他們的戰士說話。」

「我只是在沙漠四處走動，觀看星象而已。」煉金術士說：「我對於其他軍隊的軍情或是部族的行動都一無所知。我只是很單純地帶一位朋友越過沙漠而已。」

「你的朋友是誰？」首領問。

「一位煉金術士，」煉金術士說：「他了解自然的力量。他可以展現他不尋常的力量給你們看。」

男孩安靜地聽著他們的對話，充滿了恐懼。

「這個外國人在這裡做什麼？」

另外一個人問。

「他帶了錢要獻給你們部族。」煉金術士搶在男孩之前回答，他並且抓起男孩的布袋，把裡面的金幣遞給那位首領。

那個阿拉伯人接過金幣，什麼話也沒說。這些錢夠他們買不少武器了。

「什麼是煉金術士？」最後首領問。

「就是了解自然和世界的人。只要他想，他就可以運用風力把這座軍營摧毀掉。」

那些阿拉伯人大笑。他們很熟悉戰爭帶來的破壞，深知風絕對不可能帶給他們什麼樣的災害。不過，聽了這些話，他們的心仍然加速了一點點。他們都是屬於沙漠的人，對於巫師的力量深懷恐懼。

「我想要看他施展法力。」首領說。

「他需要三天時間。」煉金術士回答：「他需要三天時間，來把自己變成風，才能施展法力。如果他做不到，我們就把自己卑微的性命獻給你，以榮耀你們的部族。」

「你不夠資格把早已經屬於我的東西獻給我。」那個首領怒聲說，不過他答應給這兩個旅人三天時間。

男孩被嚇得渾身發抖，煉金術士就帶著他離開帳篷。

「不要讓他們看見你在害怕，」煉金術士說：「他們是一群爭強鬥狠的人，他們會鄙視懦夫。」

可是男孩甚至說不出話來。他一直到他們走過軍營中間以後，才有力量說話。這些戰士根本不需要囚禁他們，因爲他們的馬已經被沒收了。所以，世界再一次展示它的各種語言：前一刻沙漠中還是無止境的、自由的，如今它卻變成了無法逃離的牆。

「你把我所有的錢都拿給他們！」男孩說：「那是我這一輩子辛辛苦苦才攢下來的全部財產！」

「噢，如果你被他們殺了，你的錢又有什麼用處？」煉金術士回答：「你的錢爲我們爭取了三天時間。你可要知道，錢並不總是能夠拯救人的性命。」

可是男孩現在太恐懼了，根本聽不下任何有智慧的話。他也不知道該怎麼做才能把自己變成風。他根本就不是煉金術士啊！

煉金術士跟其中一位士兵討來一杯茶，他將一些茶水潑在男孩的手腕上。一陣鬆懈的情緒襲過男孩的身體。男孩還聽見煉金術士喃喃念著什麼，不過他一句也聽不懂。

「不要輸給你的恐懼，」煉金術士說，此刻他的聲音帶著奇異的柔和，「如果你輸了，你就無法跟你的心說話。」

「可是我一點也不知道怎樣才能把自己變成風。」

「一個人如果已經完成了他的天命，他就會知道所有他該知道的事。只有一件事可以阻礙夢想成眞，那就是害怕失敗。」

「我不害怕失敗。我只是不知道該怎麼把自己變成風。」

「喔，那麼你就必須學會，因爲你的生命完全要依賴你是不是能夠成功。」

「如果我做不到呢？」

「如果你在完成天命的過程中死掉，至少勝過成千上萬的人。他們甚至連自己的天命是什麼都不知道。

「不過你不必擔心，」煉金術士繼續說：「通常死亡的逼迫會激起人們的潛能。」

☆

第一天過去了。附近有一場激烈的戰鬥，許多戰士受傷被抬回軍營來。死亡戰士的位置就被其他戰士取代，而生活仍繼續下去。死亡是不會改變什麼的，男孩心想。

「你可以晚一點再死，」一位士兵對著死去同伴的屍體說：「你可以等到和平宣布了以後再死，可是無論如何，你都會死。」

那天晚上，男孩去找煉金術士，煉金術士剛剛去沙漠放獵他的獵鷹回來。

「我一點都不知道怎麼做才能把自己變成風。」男孩重申。

「記住我告訴你的話：整個世界都不過是看得見的神蹟。而一個煉金術士所要做的事，就是把神靈的境界和物質的層面結合。」

「你剛剛去做什麼？」

「餵我的獵鷹。」

「如果我不能把自己變成風，我們都會死，」男孩說：「而你竟然還去餵你的獵鷹。」

「只有你會死，」煉金術士說：「我早就知道該怎麼把自己變成風了。」

☆

第二天，男孩爬上軍營附近的一座山頂上。那些士兵任憑他去：他們都已經聽說這位巫師可以把自己的身體變成風，所以他們根本不敢靠近他。話說回來，即使他想逃走，也沒辦法徒步穿越沙漠。

第二天的整個下午男孩一直凝視著沙漠，聽他的心對他說話。男孩知道，心已經感受到他的恐懼。

他們兩個都訴說著同一個語言。

☆

第三天，首領和他的將領聚會，並且把煉金術士找來，說：「讓我們去看那個男孩怎麼把自己的身體變成風。」

「我們這就去吧！」煉金術士回答。

男孩帶他們到他前一天去過的山頂，叫他們全部坐下。

「這將會花不少時間。」男孩說。

「我們不急，」首領回答：「我們是沙漠的人。」

男孩望著地平線，那兒有著群山疊巒，有著沙丘、岩石，以及植物……這些植物堅持生長在似乎不可能存活下來的環境裡。此外，還有他已經遊歷了數個月的沙漠，儘管他僅只知道沙漠的一小部分而已。在這沙漠裡，他認識了一位英國人、商隊、部落戰爭，還有一處擁有五萬株棕櫚樹和三百個泉水的綠洲。

「今天你來這裡做什麼？」沙漠問他：「你昨天不是在這裡盯著我看了好久？」

「在你的某個地方裡，有一位我深愛的人，」男孩說：「所以，當我從你的沙地上望去的時候，我也正凝望著她。我想要回到她的身邊，而我需要你幫助我變成風。」

「愛是什麼？」沙漠問。

「愛就是獵鷹飛過你的沙地上，因爲對牠來說，你就是綠地，是牠永遠可以捕回獵物的地方。牠熟知你的每一塊岩石、每一處沙丘，還有每一座山峰，而你總是慷慨地對待牠。」

「那隻獵鷹的嘴喙啣著我身體的一小部分，」沙漠說：「這許多年來，我很照顧那些被獵取的小生物。我總是用我身上的一點點水來餵食牠們，然後我會告訴獵鷹牠們在哪裡。而有一天，當那些小生物在我身上繁衍時，那獵鷹就會從天空俯衝下來，帶走了我所哺育出來的。」

「但那也正是你最初創造牠們的原因，」男孩回答：「是爲了餵養那獵鷹。而獵鷹則餵養了人，而人豐富了你的沙，然後沙地上又將會有那些小生物繼續繁衍下去。這就是世界運行的方式。」

「所以這就是愛嗎？」

「是的，這就是愛。因爲愛讓小生物變成獵鷹，獵鷹變成人，而人又變成沙漠，這就是錫之所以能變成金子，而金子又會變成地球的緣故。」

「我不懂你在說什麼。」沙漠說。

「可是，你至少可以了解，在你身體的某一個地方有個女人正在等我。這就是爲什麼我必須把自己變成風。」

沙漠沉默了好一會時間沒答腔。

然後沙漠告訴他：「我可以給你我的沙，這些沙可以幫助風吹。不過，如果只靠我一個的力量，是沒辦法做什麼的。你必須去懇求風的幫忙。」

一陣微風開始吹起。那些部族戰士從遠遠的地方看著男孩，他們正用男孩聽不懂的話竊竊私語。

煉金術士微笑著。

風靠近男孩，吹拂著他的臉。它已經聽見了男孩和沙漠的對話，因爲風能夠知道所有的事。風吹遍世界的每個角落，沒有起點，也沒有終點。

「幫助我吧，」男孩對風說：「有一天你曾帶來了我摯愛的人的說話。」

「是誰教你說沙漠和風的語言？」

「我的心。」男孩回答。

那風有許多名字，在世界的這個角落，它被叫做熱風，因爲它帶著熱蒸氣從海洋吹向東邊的土地；而從男孩來的那片遙遠的土地上，大家管它叫做黎凡特，因爲大家相信它帶來了沙漠的沙，以及摩爾人戰爭的嘶吼。或許在男孩的羊群生長的草原後方，人們又會認爲風是從安達魯西亞草原來的。不過事實上，風從未有一處起點，它也從未去任何一個終點，這就是它之所以比沙漠強的緣故。人們或許有一天就能夠在沙漠裡種植樹木，甚至可以畜養羊，可是沒有人能夠約束風。

「你不可能變成風的，」風說：「我們兩個完全不同。」

「這不是眞的，」男孩說：「在我的旅程上我學會了煉金術士的祕密。在我的體內也有風，有沙漠、海洋、星星，還有宇宙萬物。我們都是由同一隻手所創造出來的，我們擁有共同的心靈。我希望像你一樣，能夠自由地接觸世界的每一個角落，越過海洋、吹起遮蓋著我的寶藏的沙，並帶來我所愛的女人的聲音。」

「那一天我聽見了你和煉金術士說的話，」風說：「他說萬物都有自己的天命。可是不管怎麼說，人類是不可能變成風的。」

「只要教我在短時間變成風就可以了，」男孩說：「所以你和我就可以一起談談人類和風的無限潛能。」

風被勾起了好奇心，這是前所未有的事。它很想和人說說這種事，可是它也不知道怎麼將人變成風。儘管它知道的事情已經不少了：它可以創造出沙漠，可以把船翻沉，可以吹倒整座森林，也可以帶著音樂或奇怪的噪音流竄過城市的每個角落；它覺得它是無限的，可是如今這個男孩卻說還有一件事是它風不曾做過的。

「這就是我們所說的愛。」男孩說，知道風已經快要答應他的請求了。「當你被愛的時候，你就可以創造出任何事物。當你被愛著的時候，你一點也不需要刻意去了解外面發生的事，因爲所發生的任何事都在你的心靈之內，而人甚至可以把自己變成風。當然了，這要有風的幫忙。」

這風是個驕傲的傢伙，所以它對男孩說的事情心動了。它開始用力吹著，揚起一大片風沙。但是到了最後，它終究還是得承認，它雖然能夠跑遍全世界，卻還是沒有能力把一個人變成風。它也不懂什麼是愛。

「當我在世界各地旅行的時候，我常聽起人們說到愛，也常看到人們嚮往地望著天空，」風說著，它很憤怒必須承認自己的極限，「也許你應該去請教天空怎麼才能變成風。」

「喔，那麼幫助我去請教天空吧！」男孩說：「請在這個地方吹起強烈的暴風沙，強得能遮住太陽，好讓我能夠仰望天空而不至於被太陽的光芒刺瞎。」

於是風就用力吹，吹得整個天空充滿沙子，太陽也變成了一個金色的圓盤。

而在軍營中，四周一片飛沙走石，根本不可能看見任何東西。這是沙漠中人很熟悉的一種風，他們管它叫做西蠻風（simum），它比起海上的暴風威力更大。軍營中的馬嘶叫著，而士兵們的槍則蓋滿了沙土。

而在山上的那些將領中，有一個人忍不住對首領說：「也許我們最好不要再繼續下去了。」

他們幾乎看不見那個男孩了。他們的臉上蓋著藍色的布巾，而眼睛則充滿了恐懼。

「讓我們停止了吧！」另外一位將領也建議。

「我想要看見阿拉的偉大，」首領敬畏地說：「我想要見識一個人怎麼把自己變成風。」

不過他的腦中已經暗暗記下了這兩個將領的名字，他決定等風一停，他就要撤換這兩個人的將領職位，因爲一個眞正的沙漠勇士是不會恐懼的。

「風告訴我你懂得什麼是愛。」男孩對太陽說：「你應該也知道天地之心吧，因爲它就是由愛而生的。」

「從我所在的位置，」太陽回答說：「我可以看見天地之心。它能夠和我的心靈溝通，而我們一起讓植物生長，讓羊兒找到庇蔭的地方。從我所在的位置——我離地球可遠了——我知道怎麼去愛。我知道如果我靠近地球一點，即使只是那麼一丁點兒，地球上的萬物都會死掉。所以我們就彼此相望，我們需要對方。我給地球生命和溫暖，而它給我生命的意義。」

「所以你明白什麼是愛。」男孩說。

「我也了解什麼是天地之心，因爲長久以來，在通往無盡宇宙的旅程上，我們一直在交談，它告訴我它最大的問題是：直到現在，仍然只有礦物和植物知道『萬物爲一』。鐵並不需要變成銅，銅也不需要變成金子，因爲每種物質的形式，都有它獨一無二的功能，如果注寫這一切的手在造物的第五天就停止了，那麼萬物將會變成一首和諧的交響曲。」

太陽繼續說：「但是它卻在第六天繼續著它的工作。」

「你眞是大智慧啊，因爲你是從一個距離外去觀察萬物。」男孩說：「可是你不了解愛是什麼。如果沒有第六天，就不會有人類存在，銅將永遠只是銅，錫也僅僅只是錫。沒錯，萬物都有它的天命，可是有一天天命都會被實現。所以萬物都必須將自己改造得更好，以便去接受另一個天命，直到有一天，天地之心變成了唯一的存在。」

太陽思索著男孩的話，並決定照耀得更加明亮。而風，喜悅地聽著這段對話，於是也更加用力地吹著，免得男孩被太陽的光芒射傷了。

「這就是爲什麼煉金術士必須存在，」男孩說：「所以每一個人都能夠去追尋他自己的寶藏，發現它，然後願意變得比自己從前的生命更好。錫將會扮演它的角色，直到這世界不再需要錫爲止，然後錫就會變成金子。

「這就是煉金術士在做的事。他們把這一切示現給我們看，讓我們知道，如果我們努力變得更好，圍繞著我們的每樣事物也會變得更好。」

「爲什麼？你爲什麼說我不懂得愛？」太陽問男孩。

「因爲愛並不是靜止如同沙漠，愛也不是呼嘯如風。從一個遙遠的距離外去觀察萬物，就像你所做的，也不能叫做愛。愛是改變和改善天地之心的力量。當我第一次接觸到天地之心時，我以爲它是完美的。可是後來，我發現它就跟其他生物一樣，有它自己的情緒和衝突。是我們在滋養著天地之心，而我們所存活的這個天地究竟會變得比較好或比較差，就端看我們是變得更好或者更差。在這裡扮演關鍵性角色的，就是愛的力量。當我們心中有愛時，我們就會努力去使自己更好。」

「所以你要我爲你做什麼？」太陽問。

「我要你幫助我，將我變成風。」男孩回答。

「大自然都知道我是最有智慧的，」太陽回答：「可是我不知道怎麼把人變成風。」

「那麼，我應該去問誰？」

太陽思索了一會。風則密切地注意聽著他們的對話，同時好想跑到全世界去宣布，太陽的智慧也是有局限的，它沒有辦法勝過這個能夠說宇宙共通語言的男孩。

「去找注寫這一切的手吧！」太陽說。

風高興得尖叫，並且更加使勁用力吹著。軍營如今已經被吹離開它的營地了，繫著牲口的繩索也被吹斷了，所有的馬匹都自由地逃開。而在山頂上的人則互相擠抱著，以免被風吹跑。

男孩轉向注寫一切的手。當他這麼做時，他發現整個宇宙靜止了下來，於是他決定什麼話也不說。

一股愛之潮從他的心中衝湧而出，他開始祈禱。這是他從未曾說過的禱告，因爲這是無聲的禱告，也沒有提出任何請求。他的禱告並不是感謝他的羊能夠找到新的牧草，也不是要求能賣出更多的水晶，更不是祈求他所遇見的那個女人能繼續等待他。在沉默中，男孩了解到沙漠、風、以及太陽，也都希望能明白手寫下的徵象，以便能追循著這些方向，進而能了解寫在那一塊翡翠石板上的究竟是什麼意思。他看見預兆散播在地球各處以及天空中，但它們的外表並不明顯，也沒有什麼相關的理由。他可以看見，沙漠、風、太陽，以及人，都不知道自己被創造的理由，但是那隻手在創造每一樣東西時，自有其理由。只有那隻手可以製造奇蹟，可以將海轉變成沙漠……或者將人轉變成風。因爲只有那隻手明白，那是一項超大的設計，才能夠將整個宇宙含納成一個點，而在那一點上，六天的創造才能昇華成爲一個元精。

男孩接觸到了天地之心，發現那就是神之心。他也看見了神之心就是他自己的心靈。而他，雖然只是個男孩，也能夠展示神蹟。

☆

那天西蠻風以它從未有過的方式吹襲著沙漠。在那以後的好幾世代裡，阿拉伯地區仍傳誦著一個男孩將自己變成風的傳奇故事。男孩用那場風來和沙漠裡最有權力的部落首領抗衡，而那場風差一點就摧毀掉那位首領的軍營。

當西蠻風終於歇息的時候，每個人都轉頭看向男孩剛才站的位置，可是他已經不在那裡了。他正站在軍營遙遠的另一端，旁邊站著一個滿身覆蓋著沙石的衛兵。

那些人被他展現的奇蹟嚇壞了。但仍有兩個人的臉上露出微笑；其中一個是煉金術士，他笑是因爲他的徒弟已經完美地出師了；而另外一個是部落首領，他笑則是因爲男孩詮釋了神的榮光。

隔天，軍隊首領歡送男孩和煉金術士，並且派一隊護衛陪他們去他們想去的地方。

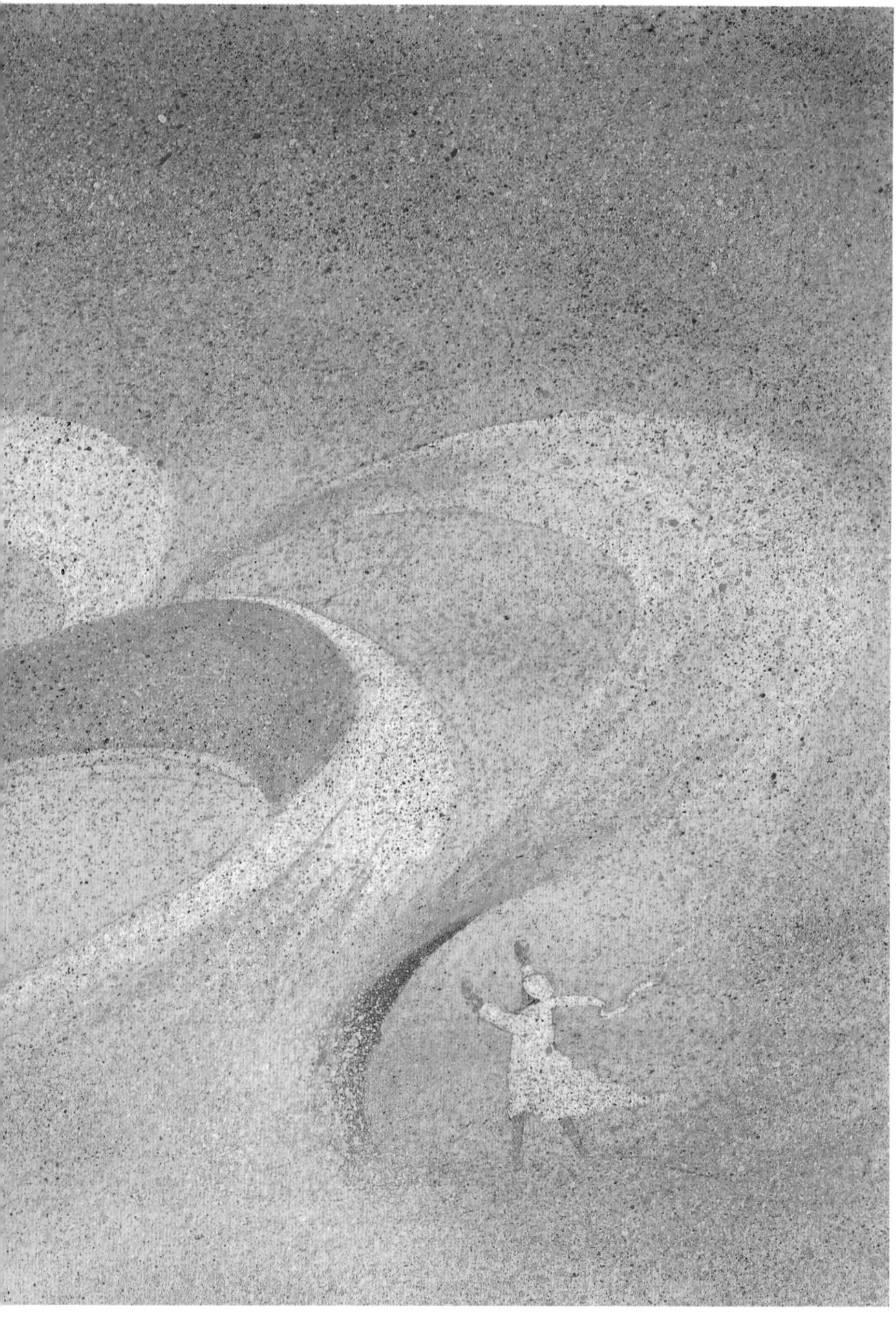

當你被愛的時候，你就可以創造出任何事物，甚至可以把自己變成風。

☆

他們騎了一整天。在將近黃昏的時候，他們來到一間科普特修道院[10]。煉金術士下馬，並叫那群護衛回到軍營去。

「從這以後，你必須一個人上路了。」煉金術士說：「你現在距離金字塔只有三小時的路程。」

「謝謝你，」男孩說：「你教了我宇宙之語。」

「我只是引導你去看到你本來就知道的事情而已。」

煉金術士敲敲修道院的大門。一位穿著黑袍的僧侶來應門。他們用科普特語[11]交談了好一陣子，然後煉金術士讓男孩進入修道院門內。

「我請求他借我使用一會兒他們的廚房。」煉金術士微笑著說。

他們走到修道院後面的廚房。那個僧侶拿給煉金術士一些錫，煉金術士點燃爐火，把錫放在一只平底鐵鍋裡。當錫逐漸融化成液狀後，煉金術士拿出他的袋子，取出那顆奇怪的黃蛋。他從黃蛋的表面刮下一小薄片，用蠟封起來，放進鐵鍋裡，和融化的錫一道加熱。

混合以後的東西變成紅色，幾乎就像是血的顏色。煉金術士把平底鐵鍋移離爐火上，放在一旁讓它冷卻。在等它冷卻時，煉金術士跟那個僧侶聊起了部族戰爭。

「我想戰爭還會再持續很長的時間。」

僧侶很激動。商隊已經在吉薩[12]停留很久了，等著戰爭結束。

「不過上帝的旨意必須貫徹。」那僧侶說。

「確實。」煉金術士回答。

等鍋子冷卻了以後，僧侶和男孩探

頭看著鐵鍋，呆住了。原來的錫凝固成鍋子的形狀，不過它不再是錫，而是黃金。

「有一天我是不是也得學會這麼做？」男孩問。

「這是我的天命，不是你的。」煉金術士回答。「我只是要表現給你看，讓你知道這件事是可能做到的。」

他們走回修道院門口。在那裡，煉金術士把金盤分成四塊。

「這一塊是給你的，」他把其中一塊給修道院的那個僧侶，「因爲你能慷慨厚待異教徒。」

「可是這個報酬已經遠超過我的慷慨了。」僧侶回答。

「千萬不要再這麼說，因爲生命正在聽著，而下一次就會給你少一點。」

煉金術士轉向男孩，「這是給你的，補償你給那個軍隊首領的。」

男孩正想說那遠比他失去的多，不過他最後仍沉默地接過來，因爲他剛聽見煉金術士對僧侶說的話。

「這一塊是要給我的，」煉金術士拿了其中一塊，「因爲我必須回去沙漠裡，而那裡正在打仗。」

他拿起第四塊，交給僧侶。

「這是留給男孩的，如果他將來需要的話。」

「可是我正要去找我的寶藏，」男孩說：「而我現在離我的寶藏已經很近了。」

「我很確信你一定會找到你的寶藏的。」

「那麼爲什麼還要交代這個？」

「因爲你已經兩度失去了你的財產，第一次是小偷，第二次是給那個首領。我是個老而迷信的阿拉伯人，而我相信我們的諺語。有一個諺語說，『事情若發生了一次，那它不會再發生第二次，但如果事情發生了兩次，那麼它肯定會再發生第三次。』」他們騎上馬走了。

☆

「我要告訴你一個關於『夢』的故事。」煉金術士說。

男孩策馬騎近煉金術士一些。

「在古老的羅馬時期，提比略大帝[13]的時候，有一位善良的人生了兩個兒子。其中一個兒子從軍，並且被送到羅馬帝國最偏遠的地區去。另外一個兒子是個詩人，而且以擅長寫美麗的詩篇而聞名全帝國。

「有一天晚上，這位父親夢見一位天使出現在他面前，告訴他，他其中一位兒子所說的話，將會留芳千古，被後世好幾代人傳誦、學習。這位父親醒過來以後，歡喜得哭了，因爲生命對待他實在太慷慨了，而且還把這件每個父親都會引以爲榮的事讓他知道。

「過沒多久，這位父親爲了拯救一個差點被車輪軋死的小孩，而去世了。因爲他這一生沒犯什麼過錯，又做了許多好事，於是他就直接進入天堂。在天堂中，他遇見了當初夢見的那位天使。

「『你一直都是個好人，』天使對他說：『你的一生充滿愛，並且死得很有價值。所以我要應許你一個願望。』

「『生命對我已經很寬厚了，』這個人說：『當你出現在我的夢裡，我已經覺得畢生的努力都有了回饋，因爲我兒子的詩篇將會被後世人傳誦。我不想爲自己祈求任何事，不過每一位父親都會希望能驕傲地目睹，他所栽培教育出來的兒子聲名遠揚。我只希望能在遙遠的未來，親眼目睹我兒子寫的文章。』

「天使摸摸這個人的肩膀，於是他就和天使一起被傳送到未來。他們來到了一處廣大的地方，被成千個人包圍著，聽見這些人正用一種奇怪的語言說話。

「這位父親歡喜地哭了。

「『我知道我兒子的詩永垂不朽了，』他淚眼婆娑地對天使說：『你能不能告訴我，這些人正在讀我兒子的哪一篇詩？』

「天使靠近這個人，溫柔地引著他坐到附近的一張椅子上，天使也坐下。

「『你的詩人兒子的作品在當時非常受羅馬人歡迎，』天使說：『每一個人都很喜歡讀他的詩，可是當提比略王朝結束以後，這些詩就被遺忘了。現在你正聽到的文章，是你另外那個從軍兒子所說過的話。』

「那人十分驚訝地看著天使。

「『你的兒子到遠地去從軍，後來成爲一位百夫長[14]。他很公正又很善良，有一次他的一個僕役生病，而且看來就要死了。你的兒子聽說有一位猶太人會治病，於是就騎了幾天幾夜的路到處去尋找這位猶太人。在尋找的過程中，他知道這位猶太人就是神的兒子。他和其他被治癒的病人碰面，而這些人教導你兒子神之子所傳的福音。於是他雖然是羅馬的百夫長，卻接受了他們的信仰。隨後不久，他終於找到了這個人。』

「『他告訴那個人，他的一位僕役已經病得非常嚴重了，而那位猶太人就準備跟他一起到他家去。可是你的兒子是一位非常虔誠的人，當他望著那位猶太人的眼睛時，立刻知道在他眼前的，就是神的兒子。』

「天使接著告訴這位父親說：『你現在聽到的，就是你兒子當時對這位猶太人說，而且被永遠傳誦下來的話：主啊，我實在不敢勞駕您到我的屋簷下，可是只要您的一句話，我的僕役就能得救。』」[15]

煉金術士說：「無論做什麼，每一個人都在世界歷史上扮演了重要的角色，而通常他本身並不自知。」

男孩笑了。他從來不曾想像過一個牧羊人會對探索生命的問題產生什麼重要性。

「再見。」煉金術士說。

「再見。」男孩說。

☆

男孩在沙漠中獨自騎行了數個小時。他很急切地傾聽心對他說的話，因爲，心將會告訴他，他的寶藏在哪裡。

每一個人都在世界歷史上扮演了重要角色，而本身並不自知。

「你的心在哪裡，你的寶藏也會在那裡。」煉金術士曾經這麼告訴他。

可是他的心卻一直在跟他說著不相干的事。心很驕傲地對他說起一個牧羊人的故事，這個牧羊人放棄了他的羊群，去追尋他所夢見過兩次的寶藏。心談到了天命，談到許多人四處流浪，只爲了尋找新大陸，或美麗的女人，他們的眼界超越了同時代的人。心還提到了旅程、發現、書，和改變。

當男孩正要爬上另一座沙丘時，心對他低語：「要注意你流淚的地方，那就是我所在的地方，也正是你的寶藏被埋藏的地方。」

男孩慢慢地爬上沙丘，望見了一輪滿月正緩緩東升，爬上布滿星辰的夜空：距離他離開綠洲已經有一個月了，月光在沙丘上灑下一層光影，整個沙丘看起來宛如是一座銀色的波海；這個景象讓男孩想起了他在沙漠中看見一匹馬的那個晚上，那晚他遇見了煉金術士。在那一夜的夜色裡，月亮也如同現在一般投映在靜寂的沙漠裡、投映在一個男人追尋寶藏的旅程裡。

當男孩終於爬上沙丘之頂時，他的心狂跳著。就在那裡，神聖而尊貴的埃及金字塔矗立，沐浴在華麗而皎潔的月光下。

男孩跪下，哭泣了起來。他感謝上帝讓他相信他的天命，並引導他去認識一位國王、一位商店老闆、一位英國人，以及一位煉金術士。更重要的是，讓他遇見了一位來自沙漠的女人，她告訴他，愛並不會讓一個人遠離他的天命。

如果他想，他現在就可以回去綠洲，回到法諦瑪的身邊，一生做一個單純的牧羊人。就像那個煉金術士，儘管他了解宇宙之語，儘管他有能力將錫轉變成黃金，但他仍然繼續住在沙漠裡。他並不需要對誰展現他的技術。男孩對自己說，在完成天命的這一路上，他已經學會了他所必須知道的事情，也經驗了他曾夢想過的每一件事。

可是如今他就在這裡，即將就要找到他的寶藏了，於是他提醒自己，未達終點都不算完成。男孩望望身邊的沙地上，就在他淚水剛剛滴落的地方，有一隻聖甲蟲倉皇地爬過沙土。在沙漠這段時間裡，他已經知道聖甲蟲在埃及人心目中正是神的象徵。

另一個預兆。男孩開始挖甲蟲剛爬過的沙丘。他一面挖，一面想起了水晶商人曾說過的話：每一個人都可以在自家後院蓋一座金字塔。但男孩現在知道了，即使他花上一輩子時刻不停地堆石頭，他也沒辦法蓋出一座金字塔。

一整夜，男孩在選定的地方拚命挖掘，卻未曾發現任何東西。他覺得自己快被金字塔建蓋以來的這數百年時光給壓垮了，不過他並沒有停下來，仍然拚命挖著，直到發覺他必須和風沙奮戰；因爲風不斷把沙吹進他所挖的沙坑裡。他的手受傷了，而且痠痛無

愛不會讓一個人遠離他的天命。

力，可是他仍然聽從心的指揮，繼續在眼淚滴落的沙丘底下挖著。

正當他打算把挖到的石塊移出坑洞外時，卻聽見了一陣腳步聲。他抬頭看見幾個人影接近。那些人背對著月光，所以男孩看不清楚他們的眼睛和臉孔。

「你在這裡做什麼？」其中一個人影盤問他。

驚恐之餘，男孩並沒有回答他。他已經發現他的寶藏在哪裡，如今卻被即將發生的事情嚇壞了。

「我們是部族戰爭的難民，我們需要錢。」另一個人影說：「你在藏什麼？」

「我並不是在藏東西。」男孩回答。

可是其中一個人抓住他，把他拖出沙坑。另一個人開始搜查男孩的錢包，於是發現了煉金術士給男孩的金塊。

「這裡有金子。」那人說。

月光照在抓住男孩的阿拉伯人臉上，在那人的眼底，男孩看見了死亡。

「說不定他已經藏了更多的金子在這個坑裡。」

他們命令男孩繼續挖，可是最後男孩並沒有挖出什麼。當日出以後，這些難民開始毆打男孩，打到他受傷流血，他的衣服也破了。他可以感覺到死亡的陰影逼近。

「如果你死了，錢對你又有什麼好處？錢並不是每一次都能拯救人命的。」那個煉金術士曾經這麼說。最後，男孩就對那個人尖叫著說：「我是在挖寶！」雖然他的嘴唇瘀青流血，他仍大叫著對那個揍他的人說，他曾經兩次夢見埃及的金字塔附近藏有寶藏。

有一個很顯然是那群人的老大，對另外一個人說：「放了他吧，他沒有其他的東西了，說不定連這塊金子也是偷來的。」

男孩倒在沙地上，幾乎暈死過去。那群人的老大用力搖晃他，說：「我們要走了。」

他們正打算離開時，那位老大忽然又走回來對男孩說：「你不會死的。你會活下去，而且你會學到一個教訓，知道不該這麼愚蠢到去相信夢裡說的事。兩年前，就在這裡，我也重複作了同一個夢。我的夢告訴我說，我必須到西班牙的一座倒塌的教堂去，那裡有一個牧羊人和他的羊在睡覺。在我的夢裡，那座教堂的廢棄更衣室裡長著一株巨大的無花果樹。夢告訴我，如果我挖開那株無花果的根，我將會發現埋藏在那裡的寶藏，可是我才不會笨到橫越整個沙漠，只爲了一個重複作過的夢。」

然後這群人就消失了。

男孩搖搖晃晃地站起來，再一次望著金字塔。它們好像正在嘲笑他，而他也回了一個笑容。他的心爆發出一陣喜悅。

因爲現在他已經知道他的寶藏在哪裡了。

終場

夜幕低垂的時候，男孩走進那間小小的荒廢教堂。那株無花果樹仍然生長在那裡，就在更衣室裡，而星星也仍然從半毀的屋頂上眨巴著眼睛。他還記得上一次他和他的羊來到這裡的情景……那是一個平靜的夜晚，除了那個夢以外。

如今他又來到這裡，身邊不再帶著一群羊，只帶了一把鐵鍬。

他坐在那兒凝望了一會兒天空，然後從背包裡取出一瓶酒，啜飲了一些。他想起了有一天晚上他和煉金術士一起喝酒看星星，也想起了他旅行過的許多道路，以及上帝選擇用這種奇怪方式來告訴他寶藏在哪裡。如果他不曾相信那個重複作的夢，他就不會遇見那個吉普賽人、那個老國王、那個賊，或者……「喔，那可是一串長長的名單。可是道路就寫在預兆裡，所以我絕不會走錯路的。」他對自己說。

他睡著了，當他醒過來的時候，太陽已經高高升起。他開始從無花果樹的底部挖起。

「你這個老巫怪！」男孩對著天空大叫：「你明明知道所有的事情，你甚至還留了一塊黃金在那間修道院裡，好讓我有錢回到這間教堂來。那個僧侶看見我一身狼狽地回去就大笑。你爲什麼不行行好，省得我這麼費事？」

「喔不，」男孩聽見風中有一個聲音說：「如果我先告訴你，你就看不到金字塔了。你不覺得它們很漂亮嗎？」

男孩微笑了。他繼續挖，半個小時以後，他的圓鍬碰到一樣硬硬的東西，一個小時以後，他的面前擺著一箱西班牙金幣、珍貴的寶石、一些純金面具上面鑲飾著紅色和白

生命對於那些勇於實現天命的人總是慷慨的。

色的羽毛，以及鑲著寶石的石雕像。這些寶藏大概是某個人征服這個國家時得到的，結果那個征服者一時來不及拿走，又忘了告訴他的子孫這些寶藏的存在。

男孩從袋子裡拿出烏陵和土明。這兩顆寶石他只使用過一次，就是那個早上當他身在一個市集時。他的生命和道路早已經給了他足夠的預兆，教他該往哪裡去。

他把烏陵和土明擺進寶箱裡，它們也是新寶藏的一部分，因爲它們會讓他想起那位老國王，他知道他們永遠不會再相見了。

生命對於那些勇於實現天命的人總是慷慨的，男孩想道，這件事眞實不虛。然後他記起來，他必須去一趟台里發，把十分之一的寶藏分給那個吉普賽女人，這是他的承諾。「吉普賽人眞聰明，」他想：「也許這是由於他們行遍世界各地的緣故吧。」

風又吹起，這是黎凡特風，從非洲那一頭吹過來的。此刻它帶來的，不是沙漠的味道，也不是摩爾人入侵的威脅。它帶來的是一陣他很熟悉的香味，以及輕輕觸落的吻——這個吻來自很遠很遠的地方。它慢慢、慢慢地飄落，直到輕觸著他的嘴唇。

男孩微笑著。這是她第一次這麼做。

「我來了，法諦瑪。」他說。

譯注

第一部

1更衣室（sacristy），天主教教堂旁的小房間，供神父作彌撒前更衣、存放衣物、儲藏聖器的地方。

2安達魯西亞（Andalusia），西班牙的自治地區，範圍包括西班牙南部的八個省，其西南瀕臨大西洋，東南面對地中海。該地區沿著地中海的城市，都是西班牙觀光聖地。

3本書的摩爾人（Moorish），指八～十五世紀時入侵西班牙，並創造阿拉伯安達魯西亞文化的阿拉伯人。

4台里發（Tarifa），位於西班牙最南端，根據八世紀一位摩爾人將領台里發・班・瑪盧克（Tarifa ben Maluk）而命名。台里發如今是歐洲著名的衝浪之都。

5撒冷王（the king of Salem），舊約中上帝永遠的祭司，並被預表為上帝之子耶穌基督。請參見舊約〈創世紀〉第十四章十八小節。〈詩篇〉第一一〇章，以及新約〈希伯來〉第三～七章。

6光之武士（the Warriors of the Light），意指護持真理的人，這同時也是本書作者的新書書名。

7黎凡特（Levant），指地中海東岸和愛琴海沿岸的國家及島嶼，包括黎巴嫩、敘利亞、以色列。

8烏陵和土明（Urim and Thummim）是放在祭司聖衣外決斷胸牌袋子內的兩顆石頭。在《舊約．出埃及記》中，耶和華告諭摩西，必須用金、藍、朱紅、紫等四色線和細麻線並捻，做成一只四方形的胸牌袋子，放在祭司聖袍外。當祭司進入聖所，面見耶和華的時候，身上必須攜帶著胸牌以及胸牌袋子裡裝著的烏陵和土明。

9請參見新約聖經〈希伯來〉第七章，當亞伯拉罕殺敗諸王歸來時，撒冷王麥基洗德給予祝福，而亞伯拉罕將所得的十分之一奉獻給他。

10丹吉爾（Tangier），北非摩洛哥西北區的一個省，它的省會也同名。丹吉爾市瀕臨直布羅陀海峽的一個海灣，自從西元前十世紀起，就是腓尼基人的貿易城，羅馬人也曾佔領過此地。

11在回教（伊斯蘭教）儀軌中，穆斯林（即伊斯蘭教徒）每天須面對聖城麥加的方向，進行五次禮拜（阿拉伯語「撒拉特」[Salat]），包括太陽初升時的「晨禮」、正午的「晌禮」、太陽西斜時的「晡禮」、日沒時的「昏禮」，以及天黑後的「宵禮」）。當禮拜時間到時，宣禮員（穆安津）就會登上宣禮樓，以呼喚的方式通知眾人禮拜，然後宣禮員帶引眾人誦經、祈禱、跪拜、叩首等。伊斯蘭教徒（又叫穆斯林）認為，禮拜是融合智慧的靜修、精神的奉獻、道德提升，以及身體運動為一體的一種實踐。

第二部

1 伊斯蘭教規定，在每年教曆九月也就是賴買丹月（Ramadan）要持戒，每個成年男女的穆斯林都應齋戒一個月。在此期間，每天從天破曉至太陽落山，完全禁絕飲食及性行為，戒除一切邪念，純淨思想，一心向真神。

2 克爾白即阿拉伯語「Ka'ba」的音譯，又稱「天房」、「天主的房間」。這是麥加聖寺內以灰色岩石建成的一座立方形石殿。

3 在克爾白殿外東南角距離地面一．五公尺的牆上，鑲嵌著一塊黑色石頭，黑中透紅，直徑約三十公分，外鑲銀邊。據傳這是一塊隕石，伊斯蘭教則傳說是大天使長從天上帶給先知易卜拉欣的。親吻黑石或撫摸黑石，也是前來參加朝聖者爭相仿效的聖行之一。

4 世界語（Esperanto）是波蘭眼科醫師柴門霍輔，於一八八七年設計的一種人造語言，曾被試圖當作國際通用的語言。據估計，全世界約超過十萬人使用世界語。

5 費奧姆（Al-Fayoum）綠洲，亦譯作法尤姆，埃及費奧姆省的省會。位於開羅西南方，其歷史可上溯至第十二王朝（西元前一九九一～前一七八六），境內的出土古物包括許多古埃及文字、希臘文和科普特文的文書殘片。目前費奧姆境內仍有一科普特人社區。

6《舊約》中預言，救世主將由猶太人當中誕生，祂將是猶太人的王，但猶太人並不相信，只有荒野上的牧羊人相信這個預言。

7 貝都因人（Bedouins），活動於中東沙漠，特別是阿拉伯、伊拉克、敘利亞和約旦等地的阿拉伯游牧民族。由於政治和經濟的發展，第二次世界大戰後，不少貝都因人都開始定居了，並服從當地政府的管理，但仍保持部落特色，包括族長制、父系社會、族內通婚，以及一夫多妻家庭。

8 元精（Master Work），煉金術士最後提煉出來的東西，本書中，譯者是以道教外丹，也就是中國煉金術中的名稱暫譯之。

9 這是《舊約聖經》中雅各兒子約瑟的故事，參見〈創世紀〉篇三七～五〇小節。

10 科普特修道院（Coptic monastery），科普特是埃及國內主要的基督教會。

11 科普特語（Coptic tongue），是西元二世紀左右，通行於古埃及的語言，代表古埃及語的最後階段。

12 吉薩（Giza），是位於尼羅河西岸、埃及首都開羅西南的一個城市，境內有世界七大奇觀之一的吉薩金字塔、人面獅身像等古蹟。

13 提比略大帝（Emperor Tiberius），西元十四～西元三七年在位，羅馬第二任皇帝。他以克敵制勝、體恤下屬而聞名。

14 百夫長（centurion），古羅馬軍制中以步兵一百人為一隊，其隊長即稱百夫長。

15 這個故事出自《新約聖經．路加福音》第七小節。

國際各界讚譽

「保羅．科爾賀洞悉文學煉金術的奧祕。」

——大江健三郎，諾貝爾文學獎得主

「《牧羊少年奇幻之旅》就像是現代版的《小王子》。一本超凡又簡單的書。」

——米洛拉德．帕維奇（Milorad Pavic），《哈札爾辭典》作者

「這個名叫聖狄雅各的男孩，和憨第德、皮諾丘一樣，帶領我們踏上一場絕妙的奇遇。」

——保羅．辛德爾（Paul Zindel），普立茲戲劇獎得主

「在男孩聖狄雅各的奇特旅程中有一股神祕的力量，不只幫助了他，也幫助了所有閱讀這本精妙好書的人，讓他們更能認知也更加接近自己內在的天命。」

——夏洛特．佐羅托，《威廉的洋娃娃》作者

「保羅・科爾賀激勵你去追尋自己的夢想，並且是透過你自己而非其他任何人的眼睛，去看見這個世界。」

——琳恩・安德魯絲，《藥女》系列作者

「這是關於各種旅程裡最具魔力的非凡故事：去完成個人天命的一場尋道之旅。我推薦《牧羊少年奇幻之旅》給所有滿懷熱情投身於追尋生命夢想的人——今天就開讀吧。」

——安東尼・羅賓，《喚醒心中的巨人》作者

「這是一個關於宇宙智慧的創業家故事，足以運用在我們的個人生涯事業上。」

——史賓賽・強森博士，《誰搬走了我的乳酪》作者

「一場充滿魔法與智慧的奇遇故事。」

——魯道夫・安納亞，《祝福我，鄔蒂瑪》作者

「《牧羊少年奇幻之旅》是一部關於魔法、夢想與寶藏的美麗故事，我們往外到處去尋找，卻發現寶藏就在家門邊。」

——瑪丹娜，德國《週日即時報》

「《牧羊少年奇幻之旅》是全然給予的喜悅，是鼓舞人心的奇蹟。這部寓言是一個玫瑰合金，融合了心靈的探尋、存在的解題、悅性的感知，以及內在的力量。」

——馬爾科姆．博伊德牧師（Malcolm Boyd）

「無比溫柔又簡潔優雅的故事。這本書是一個罕有的珍寶，我相信它絕對能觸及每一顆心最內核的地方，讓所有的心渴望踏上生命的旅程，去追尋屬於自己的天命。」

——傑瑞．詹保斯基博士，《心態療癒經典：12天，轉化自我、走向愛》作者

「在一個罕有的機緣下，我巧遇了科爾賀的《牧羊少年奇幻之旅》。這本書直白又簡潔，它透過一個少年夢想家探尋自我的不思議故事，將讀者提升，超越了時空與視野的侷限。這是一部美好的故事，書中所要凸顯的訊息，與每一個讀者切身相關。」

——約瑟夫．吉爾佐（Joseph Girzone），《約書亞》作者

「這部小說具有引人入勝的故事情節，以及閃耀著光澤的優美敘事方式，更重要的，在它的底層埋藏著智慧的礦石，是關於如何依循自己的心靈。」

——《書單》

「這個故事有著喜劇性的魅力、戲劇性的張力，以及童話的共鳴力，但同時，書中又充盈著一種特殊的智慧……這是一部富有異國情調的美好故事，而且老少咸宜。」

——《出版者週刊》

「令人難忘又發人深省，就如同聖修伯里的《小王子》。」

——《奧斯汀美國政治家日報》

「這是那種能夠幫助你更了解自己以及生命的書。書中具有哲思，而且充滿各種色彩、氣味，以及生命課題，宛如一篇童話。一本迷人的書。」

——以色列《新消息報》

「《牧羊少年奇幻之旅》是一個有如寓言般奇妙的成功典範。」

——德國《明鏡週刊》

「就如同科爾賀所傳遞的訊息，只要你全心渴望，沒有什麼是不可能的。沒有其他作品像這本書一樣帶來如此豐足的希望；作者化身心靈導師貫穿全書，帶著我們尋找生命的意義。」

——德國《焦點週刊》

「《牧羊少年奇幻之旅》是一個眞正詩意的書。」

——德國《週日世界報》

「書中處處可見到隱喻象徵與深刻洞見，而且是以一種詩化的風格來闡明，這本書喚起我們的想像，並將讀者帶往一個奇幻的心靈旅程。」

——日本《讀賣新聞》

「《牧羊少年奇幻之旅》讓人聯想起聖修伯里的《小王子》、紀伯倫的《先知》，以及聖經上的一些寓言。」

——波蘭《選舉日報》

「《牧羊少年奇幻之旅》是一個美麗又暖心的故事，還帶著異國情調……你或許同意，也或許不同意保羅・科爾賀的哲學，但不能否認的，它是一個能夠撫慰我們心靈的故事。」

——挪威《卑爾根報》

「在拉丁美洲作家當中，僅有哥倫比亞的賈西亞・馬奎斯，在讀者數量上能贏過巴西的保羅・科爾賀。」

——《經濟學人》雜誌

藍小說318

牧羊少年奇幻之旅　繪圖本

作　者—保羅．科爾賀
繪　者—恩佐
譯　者—周惠玲
編　輯—張瑋庭
美術設計—蔡南昇
內頁排版—極翔企業有限公司

總編輯—嘉世強
董事長—趙政岷
出版者—時報文化出版企業股份有限公司
108019臺北市和平西路三段二四〇號三樓
發行專線—（〇二）二三〇六六八四二
讀者服務專線—〇八〇〇二三一七〇五．（〇二）二三〇四七一〇三
讀者服務傳真—（〇二）二三〇四六八五八
郵撥—一九三四四七二四時報文化出版公司
信箱—（一〇八九九）臺北華江橋郵局第九九信箱
時報悅讀網—http://www.readingtimes.com.tw
電子郵件信箱—liter@ readingtimes.com.tw
法律顧問—理律法律事務所　陳長文律師、李念祖律師
印　刷—和楹印刷有限公司
初版一刷—一九九七年八月二十六日
四版十二刷—二〇二四年六月二十日
定　價—新臺幣三六〇元
（缺頁或破損的書，請寄回更換）

時報文化出版公司成立於一九七五年，
並於一九九九年股票上櫃公開發行，於二〇〇八年脫離中時集團非屬旺中，
以「尊重智慧與創意的文化事業」為信念。

牧羊少年奇幻之旅/保羅．科爾賀(Paulo Coelho) 著；恩佐繪圖；周惠玲譯. – 四版. – 臺北市：時報文化, 2021.10
面；　公分. –(藍小說；318)
譯自：O ALQUIMISTA
ISBN 978-957-13-9566-1（平裝）

885.7157　　110016795

ISBN 978-957-13-9566-1
Printed in Taiwan